AF533483

UTA
REICHARDT

IM WOLFSLAND

Roman für Jugendliche

Fabulus-Verlag

Bibliografische Information der Deutschen Nationalbibliothek:
Die Deutsche Nationalbibliothek verzeichnet diese Publikation in der Deutschen Nationalbibliografie; detaillierte bibliografische Daten sind im Internet abrufbar über http://dnb.dnb.de.

2. Auflage 2018

Lektorat: Marion Voigt, Zirndorf
Umschlaggestaltung, Satz und Herstellung: r² | röger & röttenbacher, büro für gestaltung, Leonberg
Druck und Bindearbeiten: CPI books GmbH, Leck
Printed in Germany

ISBN Print: 978-3-944788-48-7
ISBN EBOOK: 978-3-944788-49-4

Besuchen Sie uns im Internet: www.fabulus-verlag.de

Uta Reichardt

Im Wolfsland

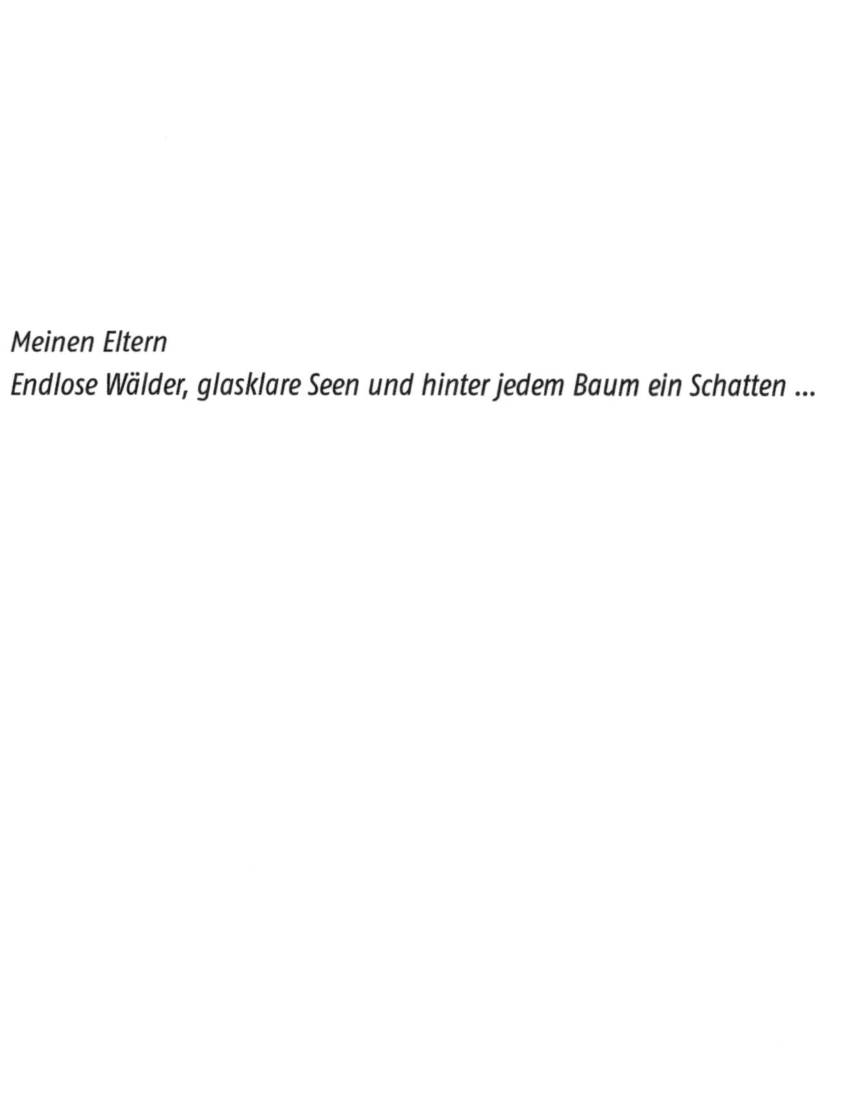

Meinen Eltern

Endlose Wälder, glasklare Seen und hinter jedem Baum ein Schatten ...

1

Ich schob meinen Kopf ganz nah an das Foto. Bis die Wölfin mit den bernsteinfarbenen Augen verschwamm, zu einem graubraunen Fleck wurde, in den ich hineinkroch. Das Fell der Wölfin war warm und fest. Sie rieb ihre feuchte Schnauze an meiner Nasenspitze und hechelte. Ihr Atem roch nach Blut. Sie lief zu den Bäumen, von wo sie gekommen war, kehrte um und stieß mit dem Kopf gegen mein Knie. Ich folgte ihr durch das hohe Gras zum Waldrand.

Es klopfte an der Tür. Ich blinzelte, bis die Wölfin wieder ein Tier auf einem Foto war. Aber noch immer kam es mir vor, als würde sie mich ansehen und mir mit ihren Blicken folgen. Ich drehte den Prospekt auf die andere Seite. Jetzt reichte es aber! Die ganze Nacht hatte ich kein Auge zugemacht. Da war es ja kein Wunder, wenn ich mir irgendwann nur noch Blödsinn einbildete.

»Bist du so weit, Louisa?«, rief Karla, meine Pflegemutter.

»Nein!« Ich knipste das Licht aus. Ich war überhaupt nicht so weit. Eine Woche Schullandheim in der ostdeutschen Pampa mit unserer Biolehrerin Heide Missel versprach nichts Gutes, ganz im Gegenteil: In den letzten Wochen hatte sie ein Wald-, Wiesen- und Wanderprogramm aufgestellt, von dem mir schon beim

Durchlesen die Füße schmerzten. Und zu allem Übel lag Manu, meine einzige Freundin in der 8 a, mit entzündetem Blinddarm im Krankenhaus und konnte nicht mitfahren. Ohne sie steuerte ich regelmäßig in die größten Katastrophen.

Die Digitalanzeige des Funkweckers sprang um auf 8:07. Um halb neun startete der Bus vom AMG, dem Albertus-Magnus-Gymnasium. Vielleicht fuhren die anderen ja ohne mich ab, wenn ich nur lange genug trödelte. Sollte ich mich krank stellen? Aber das würde mir Karla niemals abkaufen, gestern war ich noch topfit gewesen. Ich tastete meinen Bauch ab. Rechts unterhalb des Nabels zwickte es ein wenig. War Blinddarmentzündung ansteckend?

»Louisa, beeil dich! Wir sind spät dran!«

Das Klopfen wurde stärker und schneller. Mit einem Schwung ging die Zimmertür auf.

»Du liegst ja immer noch im Bett!« Karla verdrehte die Augen und griff nach meiner Decke. Aber ich hielt die Decke fest und wickelte mich darin ein bis zum Kinn, wie eine Schmetterlingspuppe in ihren Kokon.

»Ich fahre nicht mit!«

»Natürlich fährst du, sei nicht albern«, sagte Karla lachend, klackerte in ihren Sandaletten über den Parkettboden bis zum Fenster und drückte den elektrischen Schalter für die Jalousie. Diese lackroten Schuhe … die hatte sie in den zwei Monaten, seit ich bei ihr und Elmar lebte, nur ein einziges Mal getragen: als die beiden in die Oper gegangen waren. Vielleicht konnten sie meine Abreise ja kaum erwarten und waren froh, mich los zu sein. Ich kniff die Augen zu und malte mir aus, wie es sein würde, wenn ich aus dem Schullandheim zurückkehrte. Wie ich an der Haustür Sturm klingeln würde und niemand öffnete. Und dann kam bestimmt Holdermann, der Leiter des Sankt-Anna-Heims, um die Ecke und machte ein betroffenes Gesicht: »Es tut mir leid, Louisa«, würde er sagen, »aber deine Pflegeeltern haben es sich anders überlegt. Du wirst ab jetzt wieder bei uns wohnen.« Ich wickelte mich noch fester ein in meine Decke und drehte mich mit dem Gesicht zur Wand. Ich wollte alles, nur nicht zurück ins Heim. Die vergangenen Wochen bei Karla und Elmar waren das Beste, was mir seit Jahren passiert war. Wie sehr hatte ich mich immer nach einer Familie gesehnt. Als ich jünger gewesen war, hatte ich sogar heimlich fremde Familien beobachtet, sonntags im Freibad oder in der Eisdiele. Und wie neidisch war ich gewesen, wenn sie zusammen lachten, und sogar, wenn sie sich stritten.

Karla setzte sich zu mir. »Du wirst eine tolle Woche im Schullandheim haben und neue Freunde finden, bestimmt! Und vielleicht seht ihr ja tatsächlich Wölfe, so richtig in freier Natur!«

»Dann fahr du doch hin, wenn es da so toll wird«, murmelte ich und musste schlucken, weil sich mein Hals plötzlich anfühlte, als ob ich in einen viel zu engen Rollkragenpulli geschlüpft wäre, der mir die Luft abdrückte.

»Für die anderen bin ich ja doch bloß ›die aus dem Heim‹!«

»Ach was, sie werden dich endlich richtig kennenlernen und merken, was für ein klasse Mädchen du bist.« Karla strich mir über die Haare und stand auf. »In fünf Minuten unten, ja? Elmar sitzt schon seit einer halben Stunde im Auto. Du kennst ihn doch …«

Ich wischte mir die Tränen aus den Augenwinkeln und quälte mich aus dem Bett. Vielleicht hatte Karla ja recht und das Schullandheim würde gar nicht so schlimm werden. Ich musste mich einfach zusammenreißen und durfte mich weder von Jonas noch von den Zimtzicken provozieren lassen. Fertig. Entschlossen angelte ich nach dem Prospekt des Schullandheims, der in die Ritze zwischen Matratze und Wand gerutscht war. Auf der Rückseite war eine Landkarte abgedruckt. Mit dem Finger umkreiste ich den roten Punkt, der das Schullandheim markierte. Es lag nahe der polnischen Grenze und war von nichts als Wald und Seen umgeben. Keine Stadt, noch nicht einmal ein Dorf. Was dachte sich die Missel bloß dabei, uns in diese Einöde zu schleifen?

Ich steckte den Prospekt in meine Umhängetasche. Nur wegen der schönen Wölfin nahm ich ihn mit. »Komm ins Wolfsland – erlebe das Abenteuer deines Lebens!«, stand unter dem Foto. »Erlebe den Ärger deines Lebens« passte besser. Ich liebte Abenteuer. Aber damit handelte ich mir auch regelmäßig Ärger ein. Lou Starks Gesetz.

Im Bad ließ ich mir Zeit beim Zähneputzen. Ich zog die löchrigste Jogginghose an, die ich finden konnte, steckte das Handy ein und warf einen letzten Blick auf den Wecker. 8:21. Das schafften wir nie! Erst an der Zimmertür fiel mir Mister X ein. Fast hätte ich ihn in dem ganzen Drama vergessen. Rasch öffnete ich den Käfig, in dem meine Ratte hockte und mir ihren braunen Rücken entgegenstreckte.

»Hey, du brauchst nicht beleidigt sein. Ohne dich fahr ich doch nicht!«

Ich hob Mister X aus dem Käfig und hielt die Tasche auf. Mit einem Satz hopste er hinein. Für ein Weilchen machte er es sich gerne darin gemütlich, und ich hatte die Tasche gestern Abend schon mit extra viel Trockenfutter und Möhren ausgepolstert.

Unten wartete Karla bereits an der Haustür. Sie streckte mir ein belegtes Brötchen und eine Flasche Wasser entgegen und winkte mich durch zum Auto. Noch hoffte ich auf ein Wunder: einen Gewitterguss mit hühnereigroßen Hagelkörnern, die den Weg zum AMG für Stunden unpassierbar machten. Oder dass ein Marder die Autokabel durchgebissen hatte. Aber der Wagen sprang ohne Probleme an und ein tiefblauer Himmel ohne eine einzige Wolke leuchtete mir entgegen.

Auf der Fahrt zur Schule pfiff Elmar die Melodie von »Diamonds« mit, obwohl er sonst immer behauptete, er sei zu alt für SWR3. Dass er überhaupt mitfuhr, grenzte an ein Wunder. Normalerweise lehnte er es ab, »Teil des Benzinschleudersystems« zu sein, und nahm das Fahrrad. Er besaß nicht einmal den Führerschein.

Karla suchte alle paar Sekunden meinen Blick im Rückspiegel und lächelte mir aufmunternd zu, während ich auf meinem Brötchen herumkaute und immer nervöser wurde. In meiner Umhängetasche zappelte Mister X. Wenn er jetzt schon durchdrehte, wie sollte das erst im Bus werden?

Mit einem Ruck drehte sich Elmar zu mir um. »Du hast Mister X dabei?«

Hatte Elmar jetzt schon hinten Augen?

»Das ist nicht wahr, Louisa!«, rief Karla. Jetzt lächelte sie nicht mehr.

»Wieso? Die Missel hat uns eine ellenlange Liste ausgeteilt, was wir alles nicht mitnehmen dürfen: Laptop, MP3, Tablet, Energydrinks … Von Ratten stand nichts drauf!« Von Handys schon. Doch das behielt ich lieber für mich.

Karla trat stärker als sonst auf die Bremse. »Das gibt nur Ärger, und das weißt du auch!« Sie trommelte mit den Fingern auf das Lenkrad und ließ den Blick nicht von der Ampel. »Komm schon … komm schon … Werde grün!«

»Ohne Mister X geh ich nicht!«

»Das entscheidest nicht du, junge Dame«, sagte Elmar. Ich hasste es, wenn er mich »junge Dame« nannte. Karla warf ihm einen warnenden Blick zu.

»Es ist grün«, sagte Elmar. Dann sagte keiner mehr was für den Rest des Wegs, außer dem Radiosprecher. »Bis zu dreißig Grad heute … zu heiß und trocken für die Eisheiligen … gegen Abend einzelne Wärmegewitter … Überschwemmungen möglich …«

Mein letztes bisschen Hoffnung verflog. Gegen Abend nützten mir die Überschwemmungen nichts mehr.

Als wir kurz darauf in die Einfahrt zum Schulparkplatz bogen, waren wir vierzehn Minuten über der Zeit. Spät, aber nicht spät genug: Der Reisebus stand noch da.

Die Missel und Hänlein, unser Mathe-Referendar, liefen hektisch zwischen den Eltern auf und ab.

»Gerade wollte ich bei Ihnen anrufen«, begrüßte die Missel uns frostig und zog Karla auf die Seite. Ich drückte mich rasch an den beiden vorbei. Sicher erzählte die Missel ihr jetzt, dass ich gestern mit dem Stuhl nach Jonas Holdermann geworfen und ihn nur knapp verfehlt hatte. Und dass ich von der Schule fliegen würde, wenn auch nur eine Klitzekleinigkeit in den nächsten Tagen vorfiel. Dabei war es Jonas, der mich ständig mobbte. Seit ich nicht mehr im Sankt-Anna-Heim lebte, das sein Vater leitete, legte er es nur noch mehr darauf an, mich zu provozieren. »Weil er eigentlich auf dich steht, das weiß er nur selbst noch nicht«, behauptete Manu immer. Aber das glaubte ich ihr nicht. Ach, Manu – wie es ihr wohl ging? Ich konnte ihr nicht einmal eine Nachricht an ihr Handy schicken, weil sie heute operiert wurde.

Karla sah vorwurfsvoll und besorgt zugleich in meine Richtung und ich machte, dass ich in den Bus kam, bevor sie oder die Missel mich noch zu sich hinwinkten.

»Auch schon da, Rattenfrau!«

»Coole Jogginghose, kann ich auch mal ein Loch reinschneiden?«

»Pass auf, ich schneid *dir* gleich ein Loch wo rein!« Ich stieg über Jonas' ausgestrecktes Bein und ignorierte die Jogginghose-geht-gar-nicht-Blicke von Feli, Lara und der »süßen Sophie«, die nicht halb so süß war, wie sie immer tat. Spätestens auf der ersten Wanderung mit der Missel durchs Gestrüpp würde ich mit dem Minirock-geht-gar-nicht-Blick zurückschießen. Wie ich die drei Zimtzicken kannte, hatten sie nicht mal Sportsachen mit.

Ich setzte mich in die vorletzte Reihe neben Ferdinand. Auch wenn mir weiter hinten im Bus immer schlecht wurde und Ferdi-Nerdi ziemlich anstrengend sein konnte – Hauptsache, niemand bekam mit, dass ich Mister X dabei hatte.

Die Missel und Hänlein stiegen kurz nach mir ein. Ich umklammerte meine Tasche. Und wenn Karla der Missel von Mister X erzählt hatte, weil sie sich über mich geärgert hatte?

»Vergewissern Sie sich bitte, ob jetzt endlich alle an Bord sind, Herr Hänlein«, stöhnte die Missel und setzte sich vorn neben den Busfahrer. Ich atmete auf. Hänlein war keine Gefahr für meinen blinden Passagier. Er hatte schon Mühe, uns durchzuzählen, und brauchte vier Anläufe dafür, weil Jonas und Tobi wie die Gestörten zwischen den Sitzreihen hin und her turnten.

»Rotbäckchen ist so süß!«, zwitscherte Feli laut genug, dass es jeder hören musste, auch Hänlein. Er sah aus wie ein Feuerlöscher. Gewiss würde er der Missel keine Hilfe sein die nächsten Tage. Sein erstes Jahr als Referendar, und gleich mit der 8 a ins Schullandheim. Da hatte er doch schon verloren. Fast tat er mir ein bisschen leid.

Karla und Elmar liefen mit den anderen Eltern vor den getönten Fensterscheiben auf und ab, suchten mich und winkten. Ich beugte mich an Ferdi vorbei zum Fenster, klopfte gegen das dicke Glas und winkte zurück. Aber sie entdeckten mich nicht. Der Bus rollte langsam aus der Einfahrt und ich fühlte mich elend, weil ich den beiden nicht einmal Tschüss gesagt hatte.

Je weiter ich den Kopf zur Seite drehte, umso schneller flogen die Bäume vorüber – Licht, Schatten, Licht, Schatten, Licht. Seit der Bus von der Autobahn abgefahren war, kurvten wir über endlose Landstraßen durch endlose Wälder. Mir war speiübel und ich suchte schon mal nach einer Tüte. Die mit dem angebissenen Hamburger sah wenigstens reißfest aus. Ich presste die Lippen zusammen. Jetzt bloß nicht an die andere Hamburgerhälfte in meinem Magen denken, sonst musste ich mich auf der Stelle übergeben.

Ferdi-Nerdi rückte so weit wie möglich in Richtung Fenster, nur weg von mir. Sicher war ich schon grün im Gesicht. Er griff in seinen Rucksack und zog eine Rolle Küchenpapier heraus, von der er vier Tücher abriss. Aber er gab sie nicht mir, sondern deckte damit sorgfältig die Sitzfläche zwischen uns ab. Sein Sauberkeitsfimmel hatte eindeutig einen neuen Höhepunkt erreicht.

»Wickel dich doch gleich von Kopf bis Fuß damit ein!«, sagte ich und schloss die Augen. Vielleicht half das ja gegen die Übelkeit.

»Eine gute Idee prinzipiell, aber dafür würde ich mindestens dreißig der achtzig Tücher benötigen. Ich habe aber bei zehn Tagen Schullandheim einen täglichen Bedarf von acht Tüchern errechnet. Vier sind jetzt schon weg …«

»Entspann dich, Ferdi! Ich übergebe mich immer nach vorn!«

Er sah mich zweifelnd an, begnügte sich aber immerhin damit, ein weiteres Tuch an die Rückenlehne meines Vordersitzes zu klemmen. Der Bus bog auf einen unbefestigten Weg. Ich atmete dreimal tief durch. Vielleicht half das ja gegen die Übelkeit.

»Canis lupus lupus. Lateinisch für Wolf. Gehört zur Familie der Canidae oder auch Hundeartigen. Siedelte sich in der sächsischen Lausitz während der letzten Jahre wieder an, nachdem er zuvor rund 150 Jahre nicht mehr in Deutschland anzutreffen war. Eine relativ junge Population lebt im militärischen Sperrgebiet, das unweit unseres Schullandheims beginnt …«

»Mann, halt doch mal den Mund!«, stöhnte ich. Ferdi kapierte nie, wann er anderen auf die Nerven fiel. Er war der extremste Nerd an unserer Schule. Aus seinem Rucksack ragten statt Chipstüten Fachbücher über Wölfe, und schon seit Wochen quasselte er nur noch von Canis lupus lupus.

Ich öffnete den Reißverschluss meiner Tasche. Hoffentlich war mit Mister X alles in Ordnung. Seit der Bus am AMG abgefahren war, hatte er sich nicht mehr bewegt.

»Herrschaften, wir sind da! Lasst nichts liegen, packt euren Müll ein!« Die Missel klatschte in die Hände. Wie eine Stewardess schritt sie den Mittelgang ab. Adlerblick nach rechts, Adlerblick nach links. Ausgerechnet neben mir blieb sie stehen und hielt sich an der Lehne fest. Die Tasthaare von Mister X kitzelten mich an der Hand und ich drückte ihn rasch tiefer zurück in die Tasche.

»Und in dem Betonkasten da draußen sollen wir wohnen? Sieht ja aus wie ein Gefängnis!«, sagte ich extralaut zu Ferdi-

Nerdi, nur um die Missel von Mister X' Gezappel abzulenken. Aber Ferdi reagierte nicht. Er machte sich Notizen. Sicher über den Lebensraum der Wölfe. Oder über ihr Jagdverhalten.

»Hört, hört, die kennt sich mit Gefängnissen aus«, krakeelte Jonas von schräg vorn.

»Immer noch besser als mit Bräunungsstudios«, konterte ich und spielte auf unsere zufällige Begegnung vor dem »Fun with Sun« vergangene Woche an. Jonas warf mir einen hasserfüllten Blick zu.

»Du wirst die Unterbringung in diesem Betonkasten ganz bestimmt überleben, Louisa«, schaltete sich die Missel ein und atmete hörbar aus.

Was sollte das denn heißen? Dass ich sowieso nichts Besseres gewohnt war? Dass ich dankbar sein sollte, wenn ich nicht unter einer Brücke pennen musste? Fast wäre mir eine bissige Antwort herausgerutscht. Aber Mister X knirschte mittlerweile mit den Zähnen. Und wenn er damit erst einmal anfing, dauerte es nicht lange, bis er lautstark und ganz und gar nicht wie eine Ratte fauchte. Also lächelte ich die Missel an und nickte noch dazu, als ob ich ihr zustimmte. Sie zögerte einen Moment und musterte mich misstrauisch, aber schließlich eilte sie zwei Reihen weiter nach vorn und zog Jonas die Stöpsel aus den Ohren.

»Jonas Holdermann!«

»Aber ich hab doch nur …«

»Erster Strich. Keine MP3-Player.«

»Sie woll'n ja nur selber mal gute Musik hören! Aber Cro ist garantiert nicht Ihr Geschmack!«

Ungerührt packte sie den MP3-Player in ihr verschließbares Konfiszier-Kästchen, das sie schon den ganzen Morgen demonstrativ mit sich herumtrug. Tröstend griff die »süße Sophie« nach Jonas' Hand. Aber der zog seinen Arm nur weg und redete mit Tobi auf der anderen Seite des Gangs. Offensichtlich neigte sich der dreitägige Traumpaar-Status der beiden bereits dem Ende zu.

Ich lockerte meinen Griff um die Tasche und Mister X zappelte sofort wieder. Aber wenigstens gab er keine komischen Geräusche mehr von sich.

Als die Bustür sich endlich öffnete, stimmten die Jungs ihr Wolfsgeheul an und alle drängelten gleichzeitig nach vorn und drückten sich nach draußen. Jeder wollte sich das beste Zimmer sichern, klar. Aber weil ich ohnehin nicht wusste, mit wem ich mir ein Zimmer teilen sollte, ließ ich Ferdi-Nerdi an mir vorbei und wartete, bis sich der Rummel gelegt hatte. Nebenbei fächelte ich Mister X eine Ladung Frischluft zu. Zum Dank zwickte er mich in den Finger.

»Hast ganz recht. Magst nicht den ganzen Tag in der stickigen, dunklen Tasche verbringen.«

»Wird's heute noch?«, rief der Busfahrer von draussen.

Ich zog den Reißverschluss zu und stieg aus. Der Busfahrer trippelte ungeduldig neben den geöffneten Gepäckklappen auf und ab. »So, haben wir's jetzt auch geschafft?«, fragte er giftig. Er drückte mir den speckigen Lederkoffer in die Hand und sprang zurück in den Bus. Fast im gleichen Moment startete er schon den Motor und fuhr hupend davon.

Eine Stechmücke summte an meinem Ohr vorbei. Vermutlich war sie der Kundschafter und zog los, um ihren Milliarden Kollegen Bescheid zu geben, dass frisches Blut eingetroffen war. Eine Weile blieb ich noch stehen, unschlüssig, ob ich den anderen schon ins Haus folgen sollte. Der Parkplatz lag wie ausgestorben da. Dennoch hatte ich das merkwürdige Gefühl, nicht allein zu sein. Ich stellte meinen Koffer ab und blickte mich um. Weit und breit war kein Mensch zu sehen. Mit einem Mal raschelte es in den Büschen am anderen Ende des Parkplatzes und die Blätter bewegten sich. Versteckte sich dort jemand und beobachtete mich? Ich verscheuchte den Gedanken an die Wölfin auf dem Werbeprospekt und ging zögernd auf das Gebüsch zu. Plötzlich knackten Äste und ich glaubte, einen Schatten zu sehen, der in den Wald huschte. Ich rannte los, vorbei an den Büschen und ein paar Meter weiter zwischen die ersten Bäume. Aber auch hier entdeckte ich nichts. Wahrscheinlich war es doch nur ein Vogel gewesen oder ein Hase.

Ich zog mein Handy aus der Hosentasche und schrieb Manu, wie öde es hier war und dass ich sie schrecklich vermisste. In diesem Augenblick tippte mir jemand von hinten auf die Schulter. Ich fuhr herum. Nase, eigentlich Ann-Marie, stand direkt hinter mir.

»Handys sind verboten im Schullandheim!«

»Und wenn schon! Musst du dich deshalb so anschleichen und mich erschrecken?«

»Die Missel hat mir aufgetragen, nach dir zu sehen. Und als ich aus dem Fenster geschaut hab, bist du gerade in den Wald gerannt. Und … hast du was gesehen?« Nase reckte den Kopf vor.

Ihre Neugier war legendär, genau wie ihre sehr lange schmale Nase, und beides zusammen hatte ihr am AMG diesen nicht gerade schmeichelhaften Spitznamen eingebracht.

»Bestimmt war das ein Wolf«, flüsterte sie atemlos.

»Keine Ahnung. Vielleicht lauert ja ein ganzes Rudel in den Büschen, und die losen jetzt aus, wer dich und wer mich zum Abendessen kriegt«, sagte ich. Aber sie reagierte gar nicht auf mein Frotzeln.

»Ich hab gegoogelt. Aus der Gegend hier ist vor einem halben Jahr ein Junge verschwunden. Bis heute ist der nicht mehr aufgetaucht. Es gibt Gerüchte, dass er von Wölfen gefressen worden ist! Also bisher konnte das keiner beweisen, aber ...« Sie sah mich mit funkelnden Augen an. Dann ließ sie die Schultern hängen. »Du glaubst mir nicht, stimmt's?«

Stimmte genau. Weil Nase eine blühende Fantasie hatte und jede noch so poplige Geschichte sensationsmäßig aufhübschte.

»Also, du kannst dich ja mit Ferdi zusammentun. Der steht auch auf Wölfe«, schlug ich ihr vor, um die Detektiv-Nummer abzukürzen. »Komm, wir müssen uns beeilen – bevor die Missel ein Suchkommando nach uns losschickt!«

Das Stichwort »Missel« schien Nase wieder in die Realität zu beamen. Ich griff nach meinem Koffer, den ich mit einem Expander gesichert hatte, weil nur noch ein Verschluss funktionierte. Karla hatte mir für die Klassenfahrt einen neuen kaufen wollen. Einen Hochglanztrolley mit Blümchenmuster, wie ihn die »süße Sophie« und ihre Zimtzickenfreundinnen hinter sich herzogen. Aber ich wollte nicht. Der Koffer hatte Mam und Pap gehört und war mein einziges Erinnerungsstück an sie und an die Zeit vor dem Autounfall, bei dem sie gestorben waren. Deshalb hütete ich den Koffer wie einen Schatz.

»Nehmen wir ein Zimmer zusammen?«, fragte Nase auf dem Weg zum Klassenknast. Sie klang hoffnungsvoll, was mich nicht weiter wunderte. Bei mir rechnete sie sich Chancen aus, jetzt, wo Manu nicht dabei war.

»Such dir besser jemand anders. Ich schnarche nämlich ganz grässlich, krumme Nasenscheidewand, weißt du.« Ich hoffte, dass sie mir glaubte. Auf keinen Fall würde ich ihr ständiges Fragen und Nachbohren ertragen.

»Oh je, du Ärmste«, sagte sie teilnahmsvoll. »Aber es gibt keine Einzelzimmer und keine Extrawürste. Hat die Missel gesagt.«

Ich hatte es befürchtet: So schnell gab Nase nicht auf.

»Dann frag doch Jonas!«, schlug ich ihr halb im Spaß vor.

Nases Blick verklärte sich augenblicklich. »Ach, das wäre schön!«, seufzte sie. »Aber das erlaubt die Missel nie, mit einem Jungen ins Zimmer! Und ich weiß auch gar nicht … der Jonas, der ist doch mit der Sophie …«

»Och, der ist da nicht festgelegt. Der nimmt, was er kriegt!«

»Du bist gemein, Lou!«

»Und du bist bescheuert! Ausgerechnet der!«

Vor dem Eingangstor blieb Nase stehen. »›Bitte das Tor stets geschlossen halten‹«, las sie laut vor.

»Ist ja fast wie bei Peter und der Wolf, mit dem Gartentürchen …«

Nase nickte ernst und prüfte nach, ob das Tor hinter uns auch wirklich zu war. »Denk an den verschwundenen Jungen!« Sie drehte sich zurück zum Parkplatz. »Was auch immer da eben war im Wald – es wird wiederkommen«, orakelte sie.

Wir überquerten den Vorplatz und stiegen die Steinstufen zur Eingangstür hinauf. Im Hausflur war es kühl und dunkel nach dem grellen Sonnenlicht draußen.

»Treppengebühr für die Assi aus dem Heim: fünf Euro! Und für deinen oberhässlichen Koffer noch einen drauf!«

Jonas stand grinsend und mit ausgestreckter Hand auf der ersten Treppenstufe. Aus der anderen Ecke tauchte Tobi auf und stellte sich mit verschränkten Armen neben ihn.

»Lass mich vorbei, Idiot!«

»Schlag doch zu, wenn du dich traust!«

Nase musste meinen Gesichtsausdruck gesehen haben, denn sie griff blitzschnell nach meinem Arm und hielt ihn fest. »Lasst sie in Ruhe«, piepste sie. »Ich sage es sonst Frau Missel!«

»Ich sag es sonst Frau Missel, ich sag es sonst Frau Missel!«, äffte Jonas sie nach und Tobi lachte. Aber sie gingen zur Seite.

Ich schüttelte Nases Arm ab, quetschte mich zwischen Jonas und Tobi durch und schoss die Treppe hoch. Da war er wieder, der Ärger, auf den ich so gut verzichten konnte. Und wäre Nase nicht gewesen … Die Zimtzicken lehnten über dem Geländer der Empore und tuschelten. Auf dem Gang öffnete sich eine Tür und Hänlein trat heraus.

»Ach, Louisa, du hast wohl deinen Platz noch nicht gefunden?«, fragte er, als würde ich im Kino nach der richtigen Sitznummer suchen. »Vielleicht teilst du dir mit Ann-Marie das Zimmer!«

Nase neben mir nickte begeistert. »Zimmernummer 08, ganz hinten!«

Die »süße Sophie« kicherte.

»Was ist? Gibt es ein Problem?« Ich machte ein paar schnelle Schritte auf sie zu.

»Herr Hänlein! Die Lou…«, kreischte sie.

Ich drehte auf dem Absatz um, bevor Hänlein den Mund aufbekam. Diese Woche hatte kaum begonnen und übertraf schon jetzt meine schlimmsten Befürchtungen.

3

Nach dem Abendessen im Speisesaal stand die Missel auf und klopfte mit dem Löffel gegen ihr Glas.

»Alle mal zuhören. Das hier ist unser Herbergsvater, Herr Kosvik. Er will euch ein paar Worte zur Begrüßung sagen.«

»Will ich nicht, muss ich«, näselte eine Stimme, und erst da bemerkte ich den Mann, der im Halbdunkel an der Wand lehnte. Sein Gesicht war bleich und ausgezehrt, und er hatte schwarze glatte Haare, die so strähnig waren, dass er sie sicher einen Monat nicht gewaschen hatte.

»Schließzeit 21 Uhr. Wer später reinwill, hat Pech und muss bei mir klingeln«, raunzte er, »und dann kommt es ganz auf meine Laune an, ob ich öffne oder euch den Wölfen überlasse!«

Er verzog seine strichdünnen Lippen zu einem Grinsen, und mir war sofort klar, dass er uns hasste. Nase zuckte zusammen. Sonst gab sich keiner die Blöße, obwohl ich hätte wetten können, dass die meisten Bammel vor Wölfen hatten – und vor diesem seltsamen Kosvik. Nur Ferdi-Nerdi ging die Situation wissenschaftlich an.

»Können Sie uns etwas über die Wölfe hier in der Gegend berichten? Wie viele sind es derzeit? Wie setzt sich das Rudel aktuell zusammen? Ich habe auch in der neuesten Ausgabe des

National Animal Magazine gelesen, dass die Menschen sich wünschten, die Wölfe wären nie hierher zurückgekehrt, weil sie Weidetiere reißen …«

Jonas pfiff durch die Zähne. »Alle Achtung, unser Einstein will Eindruck schinden!«

Kosvik stand der Mund offen und er starrte Ferdi an wie einen Außerirdischen. »Ranhalten jetzt, nicht quatschen! Wer bis in zehn Minuten seine Bettwäsche nicht bei mir abgeholt hat, schläft auf der blanken Matratze.«

Die Missel klatschte in die Hände. »Herrschaften, wenn Herr Kowalsch… äh … Herr Ko…«

»Kosvik, einfach Kosvik«, zischte er.

»… ja, natürlich, Kosvik – also wenn Herr Kosvik zehn Minuten sagt …«

»… meint er auch zehn Minuten«, beendete ich ihren Standardspruch, bevor sie es tun konnte. Im selben Moment bereute ich es schon. Zu spät.

»Louisa, du bleibst hier und übernimmst den ersten Küchendienst … Und ihr anderen geht jetzt bitte. Jeder kommt dran, keine Sorge! Herr Hänlein hängt nachher noch den Plan für die nächsten Tage aus.«

Allgemeines Stühlerücken setzte ein. Jonas streifte mich im Vorbeigehen. »Du bist eben besonders geübt im Spülen und Tischabwischen, ich habe es früher oft genug beobachtet: Von meinem Zimmer aus hab ich einen Top-Blick in die Heimküche«, raunte er.

»Und du verwöhntes Papasöhnchen kannst dir noch nicht

mal selbst den Hintern abwischen! Das habe ich auch oft genug beobachtet«, rief ich ihm nach.

»Ich hab wenigstens noch einen Vater«, feixte er.

Ich griff den nächsten Teller und warf ihn nach Jonas. Doch der war schon um die Ecke verschwunden und der Teller zersprang mit einem lauten Klirren auf den Fliesen.

»Erster gaaanz dicker Strich, Louisa«, bellte die Missel hinter mir.

»Ja, klar, und der Blödmann kriegt keinen!« Fast hätte ich die nächste Teetasse genommen und sie der Missel vor die Füße geknallt. Aber da schnaufte Köchin Gerlinde auf mich zu und drückte mir Kehrschaufel und Besen in die Hand.

»Nu beruhig dich mal, Mädchen. Det kriegen wir doch alles wieder in 'n Griff!«

Da war sie aber auch die Einzige, die das glaubte.

»Wir sprechen uns noch«, sagte die Missel und verließ die Küche. Ich kehrte die Scherben auf und wusste nicht, auf wen ich wütender war: auf Jonas, die Missel oder auf mich selbst. Und dann fiel mir plötzlich Mister X ein. Ich hatte ihn zwar aus dem Waschbecken im Zimmer trinken lassen und neues Trockenfutter in die Tasche geschüttet, aber das war keine Dauerlösung. Schnell nahm ich den Spüllappen und wischte notdürftig an den klebrigen Resten von Himbeersirup und Essensresten auf den Tischen herum.

»Halt, junge Dame!«, rief Gerlinde hinter mir her, als ich mich gerade verdrücken wollte. Sie hielt mir eine große Plastikschüssel mit Essensresten hin.

»Hinter dem Haus stehen die Mülltonnen. Küchenabfälle gehören in die braune Tonne. Und schließ bitte das Tor, wenn du wieder reingehst, hörst du?«

»Ich muss mein Bettzeug holen. Sonst krieg ich keins mehr«, sagte ich, nahm die Schüssel aber doch mit raus. So konnte ich wenigstens noch ein paar Möhren für Mister X retten.

Aus dem Keller kamen mir die anderen entgegen, die Arme voller Bettwäsche und Handtücher.

»Der Kosvik schließt gleich zu, du musst dich beeilen«, rief die »süße Sophie« und federte auf ihren langen Gazellenbeinen an mir vorüber. Dabei gab es für sie sicher nichts Schöneres, als mich auf einer fleckigen alten Schullandheimmatratze liegen zu sehen.

Ich rannte die Treppen hinunter und den langen Gang entlang bis zu einer Eisentür, die nur angelehnt war. Ich schob mich durch die Tür und stand in einem düsteren, fensterlosen Raum inmitten von Waschmaschinen und Regalen, in denen Waschpulver, Putzmittel und alles Mögliche lagerte. Die Luft stank nach kaltem Zigarettenrauch. Wo steckte dieser Kosvik denn nun?

Plötzlich sprang ein großer Schäferhund um die Ecke, genau auf mich zu. Er zog die Lefzen zurück, fletschte die Zähne und knurrte. Mein Herzschlag setzte aus. Schritt für Schritt trat ich den Rückzug an und senkte den Blick, um ihn nicht noch wütender zu machen. Aber der Hund dachte gar nicht daran, mit dem Knurren aufzuhören. Und ich hatte keine Ahnung, wie ich ihn besänftigen sollte, denn leider waren meine Erfahrungen mit Hunden ziemlich begrenzt: Im vergangenen Winter hatte ich den hinkenden Rauhaardackel meiner Betreuerin im Heim Gassi führen müssen und letztes Jahr einen lethargischen Mops namens Mops.

»Aus, Hugo!«, ertönte Kosviks krächzende Stimme hinter den Regalen. Der Schäferhund trollte sich noch in derselben Sekunde in Kosviks Richtung. Ich atmete tief durch und versuchte, mich zu beruhigen.

»Hallo?« Musste meine Stimme so zittrig klingen? Ich hatte keine Lust, dass Kosvik mich für einen Angsthasen hielt. Zögernd näherte ich mich den Regalen, darauf gefasst, dass Hugo jeden Moment wieder auftauchte und auf mich lossprang.

Um die Ecke saß Kosvik an einem riesigen schwarzen Schreibtisch, und zu seinen Füßen hatte Hugo sich ausgestreckt und die Augen friedlich geschlossen. Aber ich traute ihm nicht und blieb lieber in sicherem Abstand stehen. Kosvik lehnte sich zurück, steckte sich eine Zigarette an und musterte mich.

»Ich will nur meine Bettwäsche.«

»Soso, eine von der ganz schnellen Truppe. Kennst du keine Uhr? Zehn Minuten sind längst um.«

»Aber ich hatte Küchendienst!«

»Interessiert mich nicht. Wäsche gibt's morgen wieder. Kann ja jeder ständig ankommen und mich terrorisieren. Hatte dies, hatte das …« Er zog schmatzend an seiner Zigarette, stand auf und schloss den Wäscheschrank hinter sich zu. »So, und jetzt ab durch die Mitte!«

»Das können Sie echt nicht bringen. Wenn ich das meiner Klassenlehrerin erzähle …«

»Hugo!«

Der Hund setzte sich augenblicklich zu Kosviks Beinen auf und knurrte leise.

»So, und jetzt raus, Frollein!«

Ich machte, dass ich aus dem Kellerloch kam, bevor Hugo mich doch noch zerfleischte.

Auf dem Weg nach oben überlegte ich, wo ich jetzt einen Bettbezug für die Nacht herbekommen sollte. Dieser Kosvik hatte sie doch nicht alle. Ganz bestimmt würde ich nicht noch einmal in seinem Horrorbüro aufkreuzen und ihn um Wäsche anbetteln.

In unserem Zimmer warf Nase gerade mit einem Apfel auf meine Umhängetasche, die wie von Geisterhand gelenkt auf dem Boden herumwackelte. Volltreffer. Der arme Mister X rumste mitsamt der Tasche gegen ein Tischbein und rührte sich nicht mehr.

»Wenn ihm etwas passiert ist, dann kannst du was erleben!« Mit zitternden Fingern zog ich den Reißverschluss auf und hob das kleine braune Fellbündel heraus. Mister X schnupperte ein wenig an meiner Hand, blinzelte. Sein Atem ging schnell und flach.

Nase starrte Mister X entgeistert an. »Waaas iiist daaaaas?«

»Sag bloß, du hast noch nie ’ne Ratte gesehen.«

Nase schüttelte den Kopf und hörte gar nicht mehr auf damit. Sie wirkte mindestens so durch den Wind wie Mister X, obwohl sie weder einen Apfel noch ein Stuhlbein an den Kopf bekommen hatte.

»Kein Wort zur Missel, verstanden? Sonst leg ich Mister X neben dich zum Schlafen heute Nacht. Und glaub mir: Er wühlt nur zu gerne in deinen Haaren und sucht sich darin ein kuschliges Plätzchen.«

Nase nickte, kreidebleich im Gesicht, und kippte in Zeitlupe vom Hocker. In letzter Sekunde konnte ich sie noch auffangen. Ich parkte Mister X auf meinem Kopfkissen, hievte Nases bleischwere Beine auf den Holzhocker und legte ihr ein nasses Handtuch auf die Stirn. Da hatte sie die Augen schon wieder offen und lächelte mich schief an.

»Ich kann Ratten nicht leiden, weißt du«, hauchte sie.

»Ja, ist mir schon aufgefallen«, sagte ich und musste schmunzeln. »Aber Mister X tut dir nichts, ehrlich. Geht's dir wieder besser?«

»Hm. Ja ... glaub schon.«

»Na, dann mal los, wir müssen zur Klassenversammlung.«

Ich half Nase auf die Beine und sie schielte zu meinem Bett, wo sich Mister X auf dem Rücken wälzte. Erstaunlich munter schaffte sie den Weg zur Tür. Wahrscheinlich beflügelte die Aussicht, nicht länger mit ihm in einem Raum sein zu müssen, ihren Kreislauf.

Auf dem Flur stießen wir fast mit Ferdi-Nerdi zusammen, der sich gerade im Laufschritt seinen Pulli überstreifte. Der Pulli war dunkelgrün und hatte einen grauen Wolf vorn draufgestickt.

»Wenn ich nicht Atheist wäre, würde ich beten, dass ich in die Wolfsgruppe komme«, sagte er und schickte flehende Blicke zur Flurdecke.

»Vielleicht beeinflusst dein Pulli ja die Entscheidung«, versuchte Nase ihn aufzubauen und erzählte ihre aktuelle Lieblingsstory vom verschwundenen Jungen. Was sie mal lieber gelassen hätte, denn Ferdi hielt ihr bis zum Unterrichtsraum einen Vortrag über das Beuteschema von Wölfen, und dass der Mensch da nicht hineinpasste.

Bei der Klassenversammlung konnte ich kaum still sitzen. Wenn die Missel in dem Tempo weitermachte, hockten wir noch nach Mitternacht hier und Mister X hatte längst auf den Boden gepieselt und die Tapeten angenagt.

»Wir wollen in den nächsten Tagen die hiesige Flora und Fauna in diesem einmaligen Biosphärengebiet erkunden«, dozierte sie seelenruhig. »Die Ergebnisse eurer Gruppenarbeit fließen übrigens zur Hälfte in eure Biologie-Endjahresnote ein.«

Sie wartete vergeblich auf panische Reaktionen.

»Nun gut, dann teilen wir jetzt die Gruppen ein.«

Lara, Feli und die »süße Sophie« meldeten sich geschlossen für die Arbeitsgruppe »heimische Pflanzen«. Die Missel nickte zufrieden und machte Kreuzchen.

»Teichlandschaft – Wassertiere, wer?«

»Nicht gerade der Brüller, das Thema«, moserte Tobi.

»Ihr habt alle immer nur das Spektakuläre im Sinn! Dabei sind es oft die einfachen Dinge …«

Nase stupste mich an, warf mir einen bettelnden Blick zu und hob zögernd ihren Arm, um ihn sofort hochreißen zu können, falls ich meinen ebenfalls streckte.

»Ah, Ann-Marie. Wie schön!«

Nase zog ihren Arm zurück und sah mich verzweifelt an. Fast hätte ich aus Mitleid doch noch den Arm gehoben. Aber eben nur fast. Mit Nase nachts im Zimmer und tagsüber am Teich, das war mir dann doch zu viel.

»Nun, wenn das jetzt nicht vorangeht, entscheide ich!«, drohte die Missel. In diesem Augenblick wurde die Tür aufgerissen.

»Diebe! Diebe! Jemand hat die Wurst aus dem Kühlschrank geklaut! Ein ganzes Kilo!«

Gerlinde stand im Türrahmen. Ihr Brustkorb hob und senkte sich rasend schnell. Die Missel trat zu ihr und strich ihr beruhigend über den Arm. Sie sah jeden Einzelnen von uns durchdringend an.

»Ich nehme an, dass keiner von euch so hungrig vom Abendessen aufgestanden ist, dass er sich einen Wurstvorrat für die Nacht sichern musste, oder? Im Übrigen ist Wurst, vor allem vom Schwein, reich an Fett und Zusatzstoffen wie Antioxidationsmitteln, Stabilisatoren und Geschmacksverstärkern. Pur verzehrt also nicht gerade das, was wir unter einer optimalen Ernährung verstehen. Der oder die Hungrige hätte zumindest auch ein paar Scheiben Brot und einige Gürkchen mitgehen lassen sollen.«

»Deshalb lebe ich bereits seit meinem neunten Geburtstag vegan«, meldete sich Ferdi-Nerdi.

»Nun, über Sinn und Unsinn von Ernährung gänzlich ohne tierisches Eiweiß ließe sich an anderer Stelle sicher trefflich diskutieren …«

Die Missel wandte sich wieder Gerlinde zu, deren Hände pausenlos die Küchenschürze kneteten.

»Liebe Gerlinde, beim besten Willen kann ich mir nicht vorstellen, dass einer der Schüler ein Kilo Wurst gestohlen hat. Aber wir werden die Augen offen halten und den Dieb beim nächsten Mal auf frischer Tat ertappen!«

Offenbar war Gerlinde der ironische Unterton entgangen, denn sie schnaufte dankbar.

»Und denkt immer daran, das Tor zu schließen«, stieß sie noch hervor.

»Und immer schön das Tor schließen, sonst kommt der böse Wolf und frisst die Wurst aus dem Kühlschrank«, höhnte Jonas, und sofort starteten die Jungs wieder ihr Wolfsgeheul.

»Ist doch klar: Das Phantom vom Waldrand war's«, flüsterte Nase mir ins Ohr und zeichnete mit den Händen ein Wesen nach, das mindestens die Größe eines Gorillas und ungefähr die Form einer eingedellten Birne hatte. »Es ist zwischen den Bäumen hin und her geschlichen! Ich hab's von unserem Fenster aus gesehen! Ein Fell wie ein Wolf. Aber es ist viel größer und läuft auf zwei Beinen!«

»Du spinnst doch! Wenn man unbedingt Gruselkram sehen will, sieht man ihn auch. Selbsterfüllende Prophezeiung – schon mal gehört?«

Nase schüttelte entschieden den Kopf. Entweder drehte sie allmählich durch oder sie hatte recht und da hockte tatsächlich etwas Merkwürdiges in den Büschen, etwas mit großem Appetit auf Wurst.

4

Draußen dämmerte es schon und wir hockten noch immer in dem miefigen Gemeinschaftsraum. Ein Donner krachte. Große, dicke Tropfen spritzten gegen die Fensterscheiben.

»Bist du noch bei uns, Louisa, oder bevorzugst du das Wolfsrudel da draußen?«

Vor meinem Tisch stand die Missel und wedelte mit einem dieser Zettel hin und her, den sie aus Hänleins Hut gezogen hatte.

»Das Wolfsrudel.«

Alles lachte, was selten genug vorkam, wenn ich etwas sagte, und die Missel schnappte für eine winzige Sekunde nach Luft.

»Nun gut. Dann wird es dich ja freuen zu hören, dass du in der Gruppe der Wolfsforscher bist und ab morgen fröhlich und frisch das eine oder andere über sie in Erfahrung bringen wirst – zusammen mit Lara, Gülcin, Emil, Ferdinand und Jonas.«

Nur Ferdi-Nerdi lächelte im Glücksrausch vor sich hin.

»Olé, oléoléolé« und »Topgruppe!« grölten die anderen Jungs Jonas zu. Jonas grinste ein wenig gequält und ich setzte den gleichmütigsten Gesichtsausdruck auf, den ich hinbekam. Mir blieb aber auch nichts erspart.

»Ihr besucht morgen Vormittag die Wolfsforscherin Teresa Opp. Unser geschätzter Herr … äh … Kosvik wird euch dorthin bringen. Es geht durch den Wald, den Wolfswald …«, raunte die Missel wie zu Erstklässlern, die sich ein bisschen gruseln sollten.

»Huh, da kriegen wir aber Angst!«, rutschte es mir heraus.

»Ein bisschen Respekt vor der Natur und ihren Gefahren schadet keinem von euch, auch dir nicht, liebe Louisa.«

»Dieser Kosvik und sein Kläffer sind gefährlicher als hundert Wölfe auf einmal!«

Die Missel verzog keine Miene. »Nun, Herr Hänlein wird dich und die anderen begleiten und achtgeben, dass euch nichts geschieht.«

»Und vergiss mich nicht!« Jonas reckte die Faust hoch. Dieses Mal hatte er die Lacher auf seiner Seite. Mal abgesehen von der »süßen Sophie«, die finster vor sich hinstarrte. Und von mir natürlich.

Endlich ließ die Missel uns gehen und ich drängelte an den anderen vorbei, um nach Mister X zu sehen. Doch schon auf dem Gang hatte ich ein mieses Gefühl: Unsere Tür stand halb offen. Und Mister X war äußerst freiheitsliebend. Ich schoss ins Zimmer, kroch unter die Betten, wühlte im Papierkorb, schüttelte die Gardinen – nichts! Vor lauter Verzweiflung suchte ich schließlich sogar im Kleiderschrank, obwohl mir klar war, dass eine Ratte keine Schranktüren öffnen konnte.

»Wo ist es?«, flüsterte Nase hinter mir.

»Es ist ein Er, merk dir das!«

»Es ist ein Er?«

»Oh, vergiss es!«

»Vergiss was?«

»Alles! Und jetzt hilf mir lieber suchen!«

Nase zitterte am ganzen Körper. Vermutlich aus lauter Angst vor Mister X und ein wenig auch, weil ich sie so angedonnert hatte. Aber sie begann zu suchen und drehte jeden Gegenstand um.

»Sag mal, warst du vorhin noch mal hier und hast vielleicht zufällig die Tür nicht richtig zugemacht?«

Nase schüttelte den Kopf, ohne mich anzusehen. Sie war eine lausige Lügnerin.

»Wenn er aus dem Zimmer gerannt ist, finde ich ihn nie wieder! Also sag's besser gleich, ich krieg's ja doch raus!«

»Jaja, ist ja gut. Aber hör auf, mich anzuschreien.«

Sie brach in Tränen aus.

»Dein Mister X saß unter dem Tisch und hat mich angebleckt. Der wollte mich ins Bein beißen! Da bin ich aus dem Zimmer gerannt und hab wohl die Tür offen gelassen. So, jetzt weißt du's!«

In diesem Moment ertönte ein Schrei.

»Eine Ratte!«

Ich rannte auf den Flur. Die Zimtzicken stürmten kreischend aus dem Waschraum und im selben Moment flitzte der arme Mister X um die Ecke und geradewegs durch den Türspalt in den Waschraum der Jungs. Ich stürzte hinterher und suchte die Waschbeckenreihe ab. Aber Mister X schien Gefallen an seinem Versteckspiel zu finden – er war weg. Ich düste um die Ecke in den Duschraum.

»Raus hier!«

Mitten im Lauf stoppte ich und kniff reflexartig die Augen zusammen. Auch das noch: Jonas unter der Dusche. Nichts wie weg! An der Tür zum Flur prallte ich mit Hänlein zusammen. »Schuldigung, hab mich in der Tür geirrt.« Ich drückte mich an ihm vorbei, aber da standen schon die Zicken wieder versammelt, allen voran die »süße Sophie«.

»Die Lou ist in den Jungswaschraum gegangen, Herr Hänlein!«

»Das habe ich gesehen, Sophie«, sagte Hänlein und klang ausnahmsweise mal entspannt, was ich ihm hoch anrechnete.

»Ja, und da hab ich den nackten Jonas gesehen, huhu! Gib's zu, das würdest du doch auch mal gern!«

Die »süße Sophie« schüttelte ihre affigen Ringellocken und sah mich erbost an. »Aber da war eine Ratte in unserem Waschraum!«

»Nun, ich werde Frau Missel informieren, sie soll gleich einmal nachsehen. Ich kann das ja schlecht bei euch ...« Hänlein rieb sich das Kinn.

»Sie dürfen ruhig nachschauen, wir erlauben es Ihnen«, säuselte Lara.

»Die Ratte – die ist vorhin ...«, legte Nase los. Da war ich schon bei ihr und packte sie am Ellenbogen.

»Sei ruhig!«

»Sofort aufhören! Was ist hier los? Ann-Marie! Louisa!« Die Missel stand vor uns.

»Schon o. k.« Ich ließ Nases Arm los.

»Alles o. k.«, echote Nase und rieb sich den Arm.

»Ich werde Herrn Kosvik Bescheid geben, dass er sich um dieses Nagetier kümmert, und jetzt Schluss mit dem Theater! Wir sind umgeben von Natur, liebe Leute, da werden wir doch nicht wegen einer einzelnen Ratte durchdrehen!«

In diesem Augenblick schwang die Tür vom Jungswaschraum auf und Jonas kam heraus, mit nassen, nach hinten geklebten Haaren, sein Handtuch lässig um die Hüften geschlungen.

»Hey, Mädels, das wäre doch nicht nötig gewesen, dass ihr alle auf mich wartet! Ich empfange euch später in meiner Suite!«

Er tat, als würde er sein Handtuch abwickeln, und versuchte, sexy zu klingen. Aber er war einfach nur peinlich. Während Nase förmlich dahinschmolz, erdolchte ihn die »süße Sophie« mit Blicken. Die Missel räusperte sich. »Wenn du mit deiner beeindruckenden Show fertig bist, Jonas Holdermann, würde ich gern auch noch etwas sagen.«

Jonas klappte der Mund zu.

»Es ist kurz nach zehn. Ihr verschwindet jetzt auf der Stelle in eure Zimmer. Morgen ist Frühstück um sieben Uhr dreißig. Und ich will keinen auch nur eine Minute zu spät im Speiseraum sehen! Und keine der jungen Damen heute Nacht in irgendeiner Suite irgendeines jungen Herrn … Verlasst euch drauf – ich kontrolliere!«

Sie machte eine energische Kehrtwende und verschwand in ihrem Zimmer. Hänlein trollte sich ebenfalls.

Ich wartete die erstbeste Gelegenheit ab, um weiter nach Mister X zu fahnden. Aber ständig tapste jemand über den Gang und Türen schlugen. Es war zum Durchdrehen. Nase stand am Fenster und suchte den Waldrand mit dem Fernglas ab. Nebenan bei den Jungs lief Techno.

»Ich geh duschen«, sagte ich schließlich zu Nase. Das Gewitter hatte sich verzogen, es grummelte nur noch in der Ferne. Aber im Haus war es noch immer furchtbar stickig. Am liebsten hätte ich mich wirklich unter die kalte Brause gestellt. Doch der Gedanke, dass Mister X durch die Gänge raste und womöglich Kosvik in die Hände fiel, machte mich völlig fertig.

Für einen Moment war ich auf dem Flur allein. Ich schlich die Treppe nach unten ins Erdgeschoss. Die durchgetretenen Holzstufen knarrten bei jedem Schritt. Es war stockfinster. Plötzlich ging draußen das Licht an und ein Schlüssel drehte sich im Schloss der Haustür. Mit einem Satz sprang ich die letzten Stufen hinunter und zwängte mich in die Ecke zwischen Treppe und Besenschrank. Auf dem Flur wurde es hell. Zwei Männer unterhielten sich. Und eine der Stimmen gehörte eindeutig Kosvik. Sie redeten schnell und leise, in einem Dialekt, den man wohl hier in der Gegend sprach. Jedenfalls verstand ich kein Wort. Die Stimmen und Schritte wurden lauter und ich drückte mich so weit wie möglich in die Ecke.

»Guten Abend, Herr Kosvik. Darf ich Sie kurz stören?«

Ich fiel fast in Ohnmacht. Hänlein! Auf der Treppe! Was machte der hier? Die Schritte kamen näher. Und dann blieb Kosvik mit seinen dicken schwarzen Gummistiefeln direkt vor mir stehen, so nah, dass ich ihn am Arm hätte ziehen können.

»Was denn?«

»Äh. Die jungen Damen hatten vorhin ein klitzekleines Problem in ihrem Waschraum.«

»Und das wäre?«

»Nun ja, es wurde eine … ein Tier … eine Ratte, meine ich, gesichtet«, stammelte Hänlein.

»Ach ja?« Kosviks Stimme hatte wieder diesen lauernden Unterton.

Keiner sagte mehr etwas, bis Hänlein sich räusperte. »Ja, also ich meine – vielleicht liegt ja auch ein Irrtum vor …«

»Hm. Will ich meinen. Ha'm keine Ratten hier.«

»Dann schönen Abend noch«, krähte Hänlein und sprang die Treppe wieder hoch.

»Schwachkopf«, zischte Kosvik und stapfte den Flur zurück. »Das ganze Haus ist voll davon.«

»Da, Chef. Wenn man vom Teufel spricht …«

Mir blieb das Herz stehen.

»Mann, Nico. Das Viech ist mausetot. Rattentot sozusagen.« Kosvik lachte, als hätte er gerade den Witz seines Lebens gerissen. »Hat wohl nicht gewusst, dass der alte Kosvik gerne Ratten fängt. Ein Schlag, und baff war sie hin! Los, heb schon auf! Ein Happs für Hugo!«

Dieses Mal lachten beide und die Haustür fiel mit einem Knall ins Schloss.

Meine Knie zitterten, und plötzlich wusste ich, wie es sich anfühlt, wenn einem der Boden unter den Füßen weggezogen wird. Kosvik hatte garantiert von Mister X gesprochen. Er hatte ihn erschlagen und würde ihn diesem grässlichen Hugo vorsetzen! Von Anfang an hatte ich Kosvik nicht ausstehen können. Aber jetzt hasste ich ihn.

Eine halbe Ewigkeit wälzte ich mich schon im Bett hin und her. Sicher war es mittlerweile weit nach Mitternacht, und ich bekam noch immer kein Auge zu. Die ganze Zeit musste ich an Mister X denken. Daran, wie Kosvik ihn erschlagen hatte. Wie Hugo ihn vielleicht in dieser Sekunde auffraß und sich nach diesem ganz besonderen Leckerbissen genüsslich das Maul ableckte. Ich krallte meine Finger in die Decke und biss mir auf die Lippen, um nicht laut zu schluchzen. Schon jetzt fehlte mir Mister X entsetzlich. Seine blanken Knopfaugen. Die Nase, die mich am Hals kitzelte, wenn er auf meiner Schulter saß. Ja, mir fehlte sogar, dass er manchmal mein Bett vollgepieselt hatte. Nicht das natürlich, sondern wie er den Kopf unter den Pfoten versteckte, wenn ich mit ihm schimpfte. Keinen Tag würde ich es ohne ihn aushalten. Nicht hier, nicht einmal bei Karla und Elmar – nirgendwo. Wenn ich ihn wenigstens noch einmal hätte sehen können! Ich hätte mich von ihm verabschiedet, hätte ihn beim Teich hinter dem Haus begraben, wo das Schilf raschelte und die Enten quakten. Damit es nicht so ruhig für ihn war. Er hatte es gemocht, wenn ich mit ihm sprach oder wenn Musik im Radio lief.

Dieser Kosvik war an allem schuld! Und mit dem musste ich morgen den Tag verbringen. Vor Wut trat ich gegen die Wand.

Das Stockbett wackelte erdbebenverdächtig, aber Nase schnarchte tief und fest über mir. Ich schlug die muffige Wolldecke zurück, die ich im Schrank gefunden hatte, sprang aus dem Bett und riss das Fenster auf. Kühle Nachtluft strömte mir entgegen. Sie roch nach feuchter Erde und Wald und ich sog sie tief in mich ein. Und dann heulte ein Wolf. Ein tiefes, kehliges Heulen, das aus dem Wald herüberwehte und mir durch Mark und Bein fuhr. Dieser Ruf hörte sich an, als ob das Tier ebenso traurig wäre wie ich, und das tröstete mich ein wenig. Nach einigen Sekunden heulten mehrere Wölfe gleichzeitig. Vielleicht hatte der Wolf den Rest seines Rudels verloren und sie fanden so wieder zueinander? Jetzt war alles wieder still. Aber was war das? Ein Schatten trat unter den Bäumen am Rande des Parkplatzes hervor und huschte in Richtung Tor. Kein Wolf. Schon eher Nases mysteriöses Gorilla-Birnen-Phantom von heute Nachmittag. Sollte ich Nase wecken? Aber das würde ewig dauern, und dann kreischte sie sicher vor Aufregung und musste erst ihre Zahnspange aus dem Mund fischen und sich anziehen. Und bis dahin war das Phantom längst abgehauen. Für einen Moment zögerte ich. Was interessierte mich, wer hier nachts um den Betonkasten schlich? Aber dann siegte meine Neugier.

Ich zog Jogginghose und T-Shirt an, schlüpfte in meine Turnschuhe und kletterte auf das Fenstersims. Zum Runterspringen war es aus dem ersten Stock zu hoch. Doch ungefähr einen Meter unterhalb des Fensters verlief ein schmaler Vorsprung an der Hauswand entlang. Kurzentschlossen drehte ich mich um und ließ mich nach unten gleiten, bis meine Füße den Vorsprung tasteten. Ein Stück weiter links verlief eine Regenrinne vom Dach nach unten. Da musste ich hin! Zentimeter für Zentimeter schob ich mich vor, bis ich fast an Jonas' und Tobis Fenster angelangt war. In ihrem Zimmer brannte noch Licht. Ich duckte mich und hangelte mich unterhalb des Fensterbretts weiter. Wenn einer der beiden jetzt aus dem Fenster schaute, sah er meine Finger. Worüber redeten die beiden? Die Bässe wummerten zu laut. Aber wenn ich sie nicht hörte, hörten sie mich wenigstens auch nicht. Ich erreichte die Regenrinne, rutschte ein Stück an ihr hinunter und sprang auf den Boden.

Für einen Moment blieb ich stehen und horchte. Das Schilf beim Teich rauschte leise. Ich duckte mich und schlich zwischen der Hauswand und den Wildrosenhecken entlang, immer darauf gefasst, dass das Phantom vor mir stand oder Kosvik mit Hugo auftauchte. Eine große Spinne krabbelte über meinen Arm. Die Zimtzicken hätten jetzt sicher die ganze Gegend zusammengeschrien!

Bis zur Hausecke waren meine Schuhe bereits durchnässt. Seit dem Gewitterregen vorhin stand die Wiese unter Wasser. Ich stellte die Schuhe an der Hauswand ab und ging barfuß weiter. Die Grashalme kitzelten mich an den Fußsohlen, und bei jedem Schritt sanken meine Füße mit einem leisen Schmatzen in die Wiese ein. Endlich erreichte ich das Tor und spähte durch die Gitterstäbe. Der Parkplatz lag verlassen im Mondlicht. Keine Spur von dem Phantom. Es hatte sich in Luft aufgelöst.

Vorsichtig drückte ich gegen das Tor und es öffnete sich quietschend. Ich fand es merkwürdig, dass es nicht abgeschlossen war.

Gerlinde wäre ausgeflippt, wenn sie das gewusst hätte. Mit einem Mal raschelte es in den Büschen beim Parkplatz – an derselben Stelle wie heute Mittag – und Äste knackten, wie wenn jemand auf sie trat. Ich spurtete los, quer über den Platz, auf den Waldrand zu. Die Steinchen piksten bei jedem Schritt in meine Fußsohlen wie winzige Glassplitter.

Da vorn rannte es. Ein großes haariges Etwas auf zwei Beinen – genau wie Nase gesagt hatte. Und es war schnell. Viel schneller als ich. Unser Abstand vergrößerte sich rasch. Aber das war kein Wunder, denn ich stolperte ständig über dicke Wurzeln und musste herabhängenden Ästen ausweichen.

Das Gelände wurde allmählich hügeliger. Die Bäume standen weiter auseinander und der Boden war mit Moos bedeckt. Aber wo steckte das Phantom? Eine Weile war es noch als Schatten vor mir zwischen den Bäumen hin und her gehüpft. Aber jetzt schien es der Erdboden verschluckt zu haben.

Der Vollmond tauchte den lichten Wald in fahles, lebloses Licht – unwirklich, wie in einem Horrorfilm. Nur ich und ein Weiß-nicht-was, das vielleicht hinter dem nächsten Baum lauerte. Das jeden Moment über mich herfallen konnte. Komisch: Nicht einmal die Wölfe heulten mehr.

Ich stieß auf einen Trampelpfad und folgte ihm. Sanddünen wie am Meer und Büschel von Gräsern durchzogen jetzt das Gelände, und hohe Kiefern wechselten sich mit den schlanken hellen Stämmen der Birken ab. Weit vor mir glitzerte ein See im Mondlicht. Ich kletterte auf die höchste Düne und schaute mich um. Kein Phantom. Keine Wölfe. Es war sinnlos, noch weiter zu gehen. Und wenn ich jetzt umkehrte, fand ich wenigstens den Weg zurück. Aber da schimmerte doch ein schwaches Licht zwischen den Bäumen! Es wurde größer, heller, tanzte hin und her. Ich kauerte mich auf den Sandboden. Mein Herz klopfte. Jetzt fühlte das Phantom sich sicher, glaubte, dass es mich abgehängt hatte. Aber als es näher kam, erkannte ich, dass ich mich getäuscht hatte. Von wegen Gorilla mit Birnenfigur! Das da vorn war kein Fellphantom, sondern ein Mensch. Kräftig gebaut und nicht besonders groß, vermutlich eine Frau. Mit einem großen Rucksack auf dem Rücken und langen Haaren. Sie leuchtete mit der Taschenlampe vor sich auf den Boden, bückte sich und stocherte mit dem Stock im Sand, keine zwanzig Meter von mir entfernt. Nach einer Weile richtete sie sich auf. Sie zog etwas aus dem Rucksack – eine Tüte vielleicht – und schaufelte etwas dort hinein. Schließlich stand sie auf und ging weiter.

Auf Zehenspitzen folgte ich ihr. Mittlerweile war ich mir fast sicher: Es war die Wolfsforscherin, diese Teresa Opp, zu der wir morgen gehen sollten. Am Schwarzen Brett im Schullandheim hing ein Foto von ihr. Sicher suchte sie hier nach Wolfsspuren.

Ich passte mich ihrem Gang an. Wenn sie einen Schritt machte, machte auch ich einen. Wenn sie stehen blieb, blieb ich auch stehen. Eine ganze Weile wanderte sie kreuz und quer durch die Gegend, bis sie unvermittelt anhielt. Ich schaltete zu spät und ging noch weiter. Unter meinen Füßen raschelte es. Mist! Langsam drehte sich Teresa Opp um, den Stock erhoben, und leuchtete in meine Richtung. Ich drückte mich hinter einen Baumstamm, vielleicht gerade noch drei Meter von ihr entfernt. Ihre Schritte kamen näher. Ich hielt die Luft an. Nach einigen Sekunden entfernten sie sich wieder. Glück gehabt! Was hätte ich Teresa Opp sagen sollen? Dass ich ein seltsames Zottelphantom verfolgte, das kiloweise Wurst aus dem Schullandheim klaute? Sie hätte sich schlapp gelacht, ganz sicher.

Ab sofort ließ ich mehr Abstand zwischen uns. Aber mit einem Mal war der Schein ihrer Taschenlampe verschwunden. Hatte sie mich doch bemerkt und stellte mir eine Falle? Vorsichtig huschte ich weiter, eine Böschung hinab, auf der anderen Seite wieder hinauf, bis ich vor einer kleinen Hütte stand. Auf Zehenspitzen schlich ich zu einem der beiden winzigen Fenster und richtete mich nur so weit auf, dass ich gerade ins Innere der Hütte sehen konnte.

Die Wolfsforscherin hatte zwei Petroleumleuchten angezündet. Sie sah noch recht jung aus, vielleicht Anfang zwanzig. Auf einem kleinen Tisch lag der geöffnete Rucksack. Sie zog die Tüte heraus und kippte den Inhalt auf ein Holzbrett. Konzentriert untersuchte sie den Haufen vor sich. Er hatte große Ähnlichkeit mit den Hundetretminen, die bei uns in der Stadt an den Wegrändern lagen.

Teresa Opp zerbröselte den Haufen, betrachtete die Krümel mit der Lupe. An den Wänden hingen Plakate und Fotos von Wölfen, und auf einem Regal standen Einmachgläser aufgereiht und beschriftet, mit Flüssigkeiten gefüllt, in denen wabbelige Dinge schwammen. Was war das? Halb verdauter Mageninhalt toter Wölfe? Konservierte Aasreste?

Nach längerer Zeit schob sie das Brett mit den Kotbrocken

zur Seite. Sie holte einen Laptop aus dem Regal, klappte ihn auf und tippte. Wölfe heulten. Aber dieses Mal kam das Heulen aus dem Computer. Offenbar zeichnete sie auf, wie die Wölfe sich untereinander verständigten. Spätestens jetzt wäre Ferdi-Nerdi geplatzt vor Neid. Unvermittelt hob sie den Kopf und starrte in meine Richtung. Eine Millisekunde zu spät duckte ich mich.

»Hallo? Wer ist da?«

Ihre Stimme klang nicht ängstlich, eher neugierig. Jetzt zahlte es sich aus, dass ich fast so schnell wie Tobi war. Ich spurtete den Trampelpfad zurück, weiter und weiter, ohne mich ein einziges Mal umzusehen. Erst als der Betonkasten zwischen den Bäumen auftauchte, blieb ich stehen. Ich keuchte und mein Atem schmeckte nach Blut. Aber ich hatte sie abgehängt.

Je näher ich dem Schullandheim kam, umso mieser fühlte ich mich. Für kurze Zeit hatte ich nicht mehr an Mister X gedacht. Doch nun fiel mir alles wieder ein. Und wenn jemand meinen Ausflug bemerkt hatte? Die Missel würde einen Heidenstress machen und mir einen zweiten gaaanz dicken Strich geben. Und sicher rief sie gleich noch Karla und Elmar an – das ganze Programm eben.

Ich schlich zurück zum Haus. Doch im Gegensatz zum Tor war die Haustür fest verschlossen. Wohl oder übel musste ich durchs Fenster zurück. Hoffentlich war Nase in der Zwischenzeit nicht aufgewacht und hatte es zugemacht!

Dieses Mal nahm ich den Weg rechts ums Haus. Kaum war ich um die Ecke, stand ich an einer schmalen schiefen Steintreppe. Sie endete an einer Kellertür. Ob dahinter Kosviks Büro lag? Ich setzte meinen Fuß auf die erste Stufe. Wenn die Tür offen war, konnte ich mir die Kletterei zum Fenster ersparen.

In diesem Augenblick ertönte das Brummen eines Motors. Wer war da noch so spät in der Nacht unterwegs? Ich kehrte um und schlich zurück zum Tor. Ein Auto bog auf den Parkplatz ein und hielt. Motor und Scheinwerfer gingen aus und die Vordertüren öffneten sich. Das waren doch Kosvik und Nico, der Typ mit der Glatze! Kosvik ging um das Auto herum und öffnete den Kofferraum. Klebte da Blut an seinen Händen?

»Pack schon mit an«, murmelte er, und Nico sah sich nach allen Seiten um, wie um sich zu vergewissern, dass sie auch wirklich allein waren. Gemeinsam zerrten die beiden einen großen Sack aus dem Kofferraum. Nico bückte sich, und Kosvik hievte ihm den Sack auf die Schulter. Keuchend richtete Nico sich auf und schleppte den Sack in Richtung Tor. Schnell rannte ich zurück zum Haus und versteckte mich hinter den Büschen beim Eingang.

»Achtung« und »Schädel«, zischte Kosvik. Er hielt Nico das Tor auf und stapfte vornweg. Transportierten sie eine Leiche, oder was? Allein von der Vorstellung bekam ich Schluckauf. Ziemlich laut, obwohl ich sofort den Mund zusammenkniff. Aber da blendete mich schon ein grelles Licht, jemand packte mich am Arm und zog mich aus dem Gebüsch.

»So. Du schon wieder! Drückst dich gern in dunklen Ecken rum, was?«, fauchte Kosvik.

»Na und? Ist das etwa verboten? Sofort loslassen oder ich schreie!«

»Kein Wort zu irgendjemand, sonst …« Er fuhr mit der Handkante über meine Kehle, zog mich hinter sich her zur Haustür und in den Flur. Dann drückte er mich den Gang entlang bis zur Treppe und gab mir einen Schubs, dass ich fast die Treppe hochfiel.

»Und jetzt hau ab!«

6

Kosvik hämmerte einen braunen Eichensarg zusammen. Schweißperlen rannen ihm über die eingefallenen Wangen, und dann und wann grinste er hämisch zu mir rüber. Er baute meinen Sarg. Nagel für Nagel klopfte er in das Holz. Ich schrie und wand mich unter den Stricken, mit denen er mich tief im Wald an einen Baum gefesselt hatte. Aber er hämmerte immer weiter.

»Louisa! Sieben Uhr zwei!«

Wozu gab er mir die Uhrzeit durch, wenn ich ohnehin bald sterben sollte? Und wieso klang seine Stimme so hoch?

»Frühstücksdienst! Raus aus den Federn!«

Das Hämmern erstarb. Allmählich begriff ich: Alles nur ein Albtraum. Die Missel klopfte an unsere Zimmertür!

Vorsichtig bewegte ich meine Hände und schlug die Augen auf. Die Sonne schien mir genau ins Gesicht. Mit einem Schwung setzte ich mich auf und knallte mit dem Kopf gegen das Metallgestell über mir.

»Seid ihr wach?« Die Missel steckte den Kopf zur Tür herein.

»Jetzt schon.« Ich rieb mir den Schädel und quälte mich aus dem Bett.

Nases Nase tauchte zwischen Bettdecke und Kissen auf und dann ihre aschblonden Haare und der ganze verschlafene Rest.

»Wie siehst du denn aus?«, nuschelte sie zwischen ihrer Zahnspange hervor. Kaum hatte sie ihre Augen auf, da war sie schon wieder neugierig.

Ich blickte an mir herunter. Die Jogginghose war übersät mit Dreckspritzern, und meine Füße waren genauso schmutzig. Aber hätte ich mir vielleicht nachts um zwei noch die Füße schrubben sollen?

»Du warst weg heute Nacht, stimmt's?« Auf einmal war sie hellwach. »Du hast deinen Mister X gesucht. Oder hast du jemanden getroffen? Sag schon – wen?«

Wie konnte jemand so früh am Morgen so viel fragen, ohne Luft zu holen? Mein Kopf brummte, und ich fühlte mich, als müsste ich tatsächlich jeden Moment in Kosviks Eichensarg steigen.

»Ich hab dein leeres Bett gesehen!« Jetzt triumphierte sie. Ihre Stimme überschlug sich fast.

»Na klar, ich hab Mister X gesucht!«

»Und … hast du ihn wieder?«, fragte sie und ihre Augen scannten das Zimmer.

Ich schlüpfte in eine saubere Hose und schrubbte im Waschbecken den gröbsten Dreck von meinen Füßen.

»Nein. Dieser Hugo hat ihn nämlich gefressen!« Mein Magen zog sich bei der Vorstellung krampfhaft zusammen und ich wusste: Beim Frühstück würde ich keinen Bissen hinunterbringen.

Nase schluckte. »Das ist ja grauenvoll«, hauchte sie und wirkte wirklich betroffen.

Ohne eine Antwort huschte ich zur Tür, bevor mich die ganze elende Trauer um Mister X von Neuem überschwemmte. Zu allem Übel war ich auch noch zum Frühstücksdienst eingeteilt. Wenn ich mir nicht einen weiteren Strich einfangen wollte, musste ich Gas geben.

»Du hast keine Schuhe an«, rief Nase mir nach.

Ich rannte den Gang entlang und die Treppe hinunter. Warum nur hatte ich kein zweites Paar Schuhe eingepackt?

Im Speisesaal empfing mich Gerlinde mit einem Riesenstapel Teller und einem vorwurfsvollen Blick auf ihre Armbanduhr. Im Turbogang verteilte ich das Geschirr auf den Tischen und schob den Servierwagen mit Butter, Brot und Tee – Wurstaufschnitt gab es ja keinen mehr – in den Frühstücksraum. Lara und Feli saßen schon. Als sie mich mit dem Wägelchen entdeckten, giggelten sie und stießen sich gegenseitig an.

»Wir sollten Geld sammeln, damit Lou sich ein paar Schuhe kaufen kann«, stichelte Lara.

»Einsfünfzig von mir, reicht für Billig-Flipflops!« Feli schob die Münzen quer über den Tisch. Ich wischte das Geld auf den Boden, pfefferte ihnen Brotkorb und Butter hin und schoss nach draußen.

»Du bist noch nicht fertig hier!«, schimpfte Gerlinde hinter mir her. Aber da konnte sie lange rufen. Noch zehn Minuten bis zum Frühstück. Wenigstens ein paar Minuten, um allein zu sein, und genug Zeit, damit ich meine nassen Turnschuhe einsammeln konnte. Ich lief zur Rückseite des Hauses, sah unter den Büschen nach und im Schilf am Teich. Wer um alles in der Welt kam auf die Idee, ein paar alte, klatschnasse, völlig verdreckte Turnschuhe zu klauen? Vielleicht war das Phantom ja nicht nur auf Wurst scharf, sondern konnte auch Schuhe gebrauchen. Oder Hugo biss gerade genüsslich auf ihnen herum und sabberte sie voll. Hugo! Meine Laune sank unter null. Ich kehrte auf der anderen Seite des Hauses zurück, vorbei an der Kellertreppe, die mir letzte Nacht schon aufgefallen war. Der gruselige Sack fiel mir wieder ein, den Kosvik und sein Kumpan mit blutverschmierten Händen ins Haus geschleppt hatten. Ich zögerte. Ob sie den Sack im Keller versteckt hatten?

»Pst! Lou, hierher!«

Nase stand in der Kellertür, einen Badmintonschläger in der Hand, und winkte mich hektisch heran.

»Ich muss dir was zeigen!«

»Badminton spielt man für gewöhnlich draußen oder in einer Sporthalle!« Widerwillig stieg ich die Treppe zu ihr hinunter.

»Leise«, flüsterte sie und hielt mir die Tür auf. Ich schlüpfte in den Kellergang. Hinter uns fiel die Tür mit einem Rums ins Schloss. Für einen Moment erstarrte ich. Wenn Kosvik mich noch einmal erwischte, würde mein Albtraum von letzter Nacht wahr werden. Sein Büro lag am Ende des Gangs, und sogar durch die geschlossene Eisentür dröhnte sein heiserer Husten.

»Was willst du?«, zischte ich.

Nase wies mit dem Badmintonschläger auf den Fliesenboden. In diesem Moment ging die funzelige Deckenbeleuchtung aus und es war stockdunkel. Ich suchte nach dem Lichtschalter an der Wand. Statt mir zu helfen, krallte sich Nase an meinem Arm fest.

»Ich hasse Dunkelheit«, piepste sie. »Deshalb zieh ich mir beim Schlafen immer die Decke über den Kopf.«

»Jetzt lass mich schon los, wie soll ich sonst den Schalter finden?«

Ich tastete die Wand neben der Kellertür ab, spürte einen kleinen Plastikvorsprung und drückte. Aber er bewegte sich nicht. Mir fielen die alten Kellerlichtschalter aus dem Sankt-Anna-Heim ein und ich drehte den Knopf zur Seite. Da klickte es und das Licht ging wieder an.

»Endlich!« Nase seufzte auf und bückte sich nur einen Augenblick später.

»Siehst du die Abdrücke? Da ist jemand barfuß gelaufen, mit total dreckigen und großen Füßen. Schätze, mindestens Schuhgröße 45.«

»Noch jemand, der ohne Schuhe unterwegs ist«, stellte ich knapp fest. »Vielleicht gibt's hier unten ja ein Fundbüro für Schuhe.«

Nase verzog keine Miene. »Da vorn enden die Abdrücke, eine Tür vor Kosviks Büro.«

»Und?«

»Und? Ich bin mir sicher, dass die Spuren dem Phantom gehören! Es versteckt sich in dem Zimmer und wartet auf eine günstige Gelegenheit, um wieder zuzuschlagen. Wir können es jetzt schnappen, zu zweit! Da würden die anderen aber Augen machen!«

»Ja, vor allem Jonas, was?«

Nase grinste verlegen. Wenn es darum ging, diesen Holdermann junior zu beeindrucken, wurde sie auf einmal richtig wagemutig.

»Das wäre aber wenig phantomhaft von einem Phantom, solche Spuren zu hinterlassen …«, gab ich zu bedenken. Aber Nase schlich bereits auf Zehenspitzen den Gang entlang. Sie horchte an der Tür neben Kosviks Büro und zuckte die Achseln. »Alles ruhig da drin«, flüsterte sie.

Plötzlich ertönten schwere Schritte aus Kosviks Büro und der bellende Husten wurde lauter.

»Los, rein da!« Ich stürzte zu Nase, drückte die Klinke, schob Nase in den Kellerraum und drängte hinterher. Im selben Augenblick quietschte draußen schon Kosviks schwere Eisentür. Wieder standen wir im Dunkeln. Nase schnaufte viel zu laut. Wenn Kosvik gesehen hatte, wie sich die Klinke bewegte, waren wir verloren.

Nach einigen Sekunden entfernten sich seine Schritte in die andere Richtung.

»Hallo, ist da wer?«, fragte Nase mit bebender Stimme.

Ich knipste das Licht an. Nase stand mit erhobenem Schläger neben mir. Wir waren allein. Die Fußabdrücke führten über einen weinroten Teppichboden und endeten an einem Bett in der Ecke. Kissen und Bettdecke waren zerwühlt und dreckig. Ein Schreibtisch stand unter dem vergitterten Kellerfenster, darauf einer dieser alten ausladenden Computerbildschirme. Daneben lag eine leere Chipstüte. Auf dem Regal reihten sich Modellautos aneinander, und an der Wand hing ein Poster von den Toten Hosen. Keine Spur von Kosviks Jutesack. Und auch nicht von meinen Turnschuhen.

»Das Zimmer gehört einem Jungen«, stellte Nase fest. »Jetzt müssen wir nur noch herausfinden, ob dieser Junge und das Phantom ein und dieselbe Person ist.«

»Was heißt wir? Lass mich mal schön draußen aus deinem Krimi. Ich such nur meine Schuhe!« Mein schlechtes Gewissen meldete sich, weil ich alles andere als ehrlich zu Nase war. Aber dass ich ihr Fellphantom ohne sie verfolgt hatte, verschwieg ich ihr wohl besser. Und von der Begegnung mit Kosvik würde ich ihr auf keinen Fall erzählen, denn Kosvik gehörte garantiert zu den Typen, die ihre Drohungen in die Tat umsetzten.

Von oben tönte der Frühstücksgong. Wir verließen das Zimmer und eilten an Kosviks Büro vorbei die Treppe hoch. Wohl oder übel musste ich barfuß zum Frühstück.

Im Speisesaal saßen schon alle auf ihren Plätzen. Die Missel strafte uns mit einer hochgezogenen Augenbraue, kommentierte aber weder meine Füße ohne Schuhe noch Nases Badmintonschläger. Wir setzten uns auf die letzten freien Plätze. Ich griff nach einem Brötchen. Als ich wieder aufsah, schwenkte die Missel meine Turnschuhe in der Luft.

»Der Hund von Herrn Kosvik hat diese Schuhe heute früh um fünf in den Büschen hinter dem Haus gefunden. Ich möchte gern wissen, wem sie gehören. Der- oder diejenige kommt bitte sofort nach dem Frühstück zu mir!«

Die Missel streifte mich mit einem Doch-wohl-nicht-schon-wieder-du-Blick, worauf mir ein Stück Brötchen im Hals stecken blieb. Ich hustete, nahm einen Riesenschluck sauren Früchtetee und versuchte, ruhig zu bleiben. Was konnte sie mir schon nachweisen? Schuhe im Beet stehen zu lassen war schließlich nicht verboten.

Nach dem Frühstück ging ich gleich zu ihr hoch, um die

Standpauke hinter mich zu bringen. Ich klopfte an ihrer Tür. Erst nach einigen Sekunden ertönte ein knappes »Ja«. Die Missel saß am Tisch und sortierte DIN-A4-Kopien mit Bildern von Pflanzen. Und sie war nicht allein: Am Fenster lehnte Kosvik und starrte mich durchdringend an.

»Louisa«, begann die Missel, ohne von ihrem Blätterberg aufzusehen, »was hast du mir wegen letzter Nacht zu sagen?«

Ich hatte mich darauf verlassen, dass Kosvik mich schon nicht verpfeifen würde – wegen seiner eigenen merkwürdigen Aktion mit den Säcken. Und jetzt das!

»Nun, Louisa? Ich warte. Und wie du weißt, ist das nicht gerade meine Stärke.«

»Ich … ich wollte nur noch mal kurz raus vor dem Schlafengehen. Weil es so stickig im Haus war. Frische Luft schnappen.«

Hoffentlich hakte sie nicht weiter nach. Doch schon während ich sprach, wusste ich, dass die Hoffnung umsonst war.

»Und das machst du immer barfuß, dieses Luftschnappen?«

Sie betonte das Luftschnappen so komisch, dass ich mir überlegte, ob Nase mich auch noch verpetzt und der Missel etwas von Mister X gesteckt hatte.

»Nein. Aber der Boden war nass. Da hab ich die Schuhe ausgezogen und hab sie wohl vergessen.«

»Das Fräulein hat sich draußen herumgetrieben. Nachts um zwei. So sieht's aus!«, krächzte Kosvik boshaft aus der Ecke.

»Und Sie haben mir gedroht! Weil ich Sie gesehen habe! Mit Blut an den Händen und einem Sack, in dem Sie eine Leiche versteckt haben!«

Kosviks Gesicht verzerrte sich vor Wut.

Die Missel sah mich verständnislos an. »Was redest du denn da, Louisa?«

Blitzschnell fing Kosvik sich wieder. Jetzt lachte er sogar, als hätte ich soeben einen Spitzenwitz gerissen. Aber mit seinem Blick erdrosselte er mich. »Eine blühende Fantasie haben diese jungen Dinger«, ächzte er. »Gedroht! Haha! Hab sie geschnappt und ins Bett geschickt!«

»Natürlich, und da haben Sie auch meine volle Unterstützung.« Die Missel nickte missbilligend in meine Richtung. »Und was transportieren Sie in diesen Säcken?«, fragte sie beiläufig und ich schöpfte wieder Hoffnung.

Kosvik zog ein zerknittertes Stofftaschentuch aus seiner Hosentasche und schnäuzte sich ausführlich. »Na, Knochenreste, Abfall vom Schlachter, für den Hund«, nuschelte er unter dem Taschentuch hervor.

Die Missel nickte noch missbilligender in meine Richtung. »Siehst du, Louisa, man muss sehr vorsichtig sein mit solch wilden Verdächtigungen. Und es gelingt auch nicht immer, damit von den eigenen Verfehlungen abzulenken.« Sie holte tief Luft. »Du weißt, dass du gegen unsere Regeln verstoßen hast. Du kannst jetzt zu deiner Gruppe gehen. Aber wenn noch eine einzige Sache vorfällt, fährst du auf der Stelle nach Hause. Und was das bedeutet, muss ich dir, glaube ich, nicht sagen ...«

Das musste sie tatsächlich nicht. Sie hatte mir ja oft genug damit gedroht, dass ich von der Schule fliegen würde. Ich schnappte meine Schuhe, verließ das Zimmer und knallte die Tür hinter mir zu. Das war die einzige Antwort, die ich im Moment zustande brachte. Ich hätte explodieren können vor Zorn. Egal, wie ich mich bemühte. Egal, ob ich die Wahrheit sagte. Am Ende war immer ich die Böse!

Unsere Gruppe traf sich um neun vor dem Haus. Am liebsten wäre ich nicht mitgegangen. Seit der Begegnung mit Kosvik vorhin war ich mir sicher, dass er keine Gelegenheit auslassen würde, um mich fertigzumachen, weil ich ihn bei der Missel angeschwärzt hatte. In jedem Fall musste ich wachsam sein und mich vor ihm in Acht nehmen.

Nase winkte mir von unserem Fenster aus zu, das Fernglas in der Hand. Sie suchte mal wieder den Waldrand ab, um ihrer Phantomtheorie neue Nahrung zu geben. Oder tat sie nur so und visierte heimlich Dumpfbacken-Jonas an? Wenn wenigstens Ferdi-Nerdi dafür sorgen würde, dass ich nicht wieder mit Jonas zusammenrasselte! Aber so viel Sinn für Zwischenmenschliches konnte ich nicht von ihm erwarten.

Kosvik erschien vor dem Tor und feixte, als er mich sah. Er schulterte sein Gewehr und stapfte los, ohne darauf zu achten, ob ihm überhaupt jemand folgte. »Mir nach«, brüllte er, »und nicht allein in die Büsche. Die Wölfe sind hungrig!«

Offenbar fand er sich unglaublich witzig.

»Wölfe fressen keine Menschen. Wenn sie Menschen angreifen, dann nur, weil die sich den Jungen zu weit nähern oder die Wölfe sich aus einem anderen Grund bedroht fühlen.«

»Sehr gut, Ferdinand«, rief Hänlein, der als Letzter ging.

Kosvik schüttelte ungehalten den Kopf. »Die Biester sind durchtrieben. Und zu faul zum Jagen. Schnappen sich sogar die Schafe von den Weiden!«

»Haben Sie die Knarre wegen der Wölfe dabei?«, fragte Jonas.

Kosvik drehte sich abrupt um, marschierte zurück zu Hänlein und baute sich vor ihm auf. »Sagen Sie Ihren Schlaubergern, dass ich nicht bezahlt werde, um neugierige Fragen zu beantworten! Ich zeige den Weg durch den Wald, und damit Ende!« Er spuckte vor Hänlein aus und ließ ihn stehen.

»Der volle Psycho. Irgendwann flippt der aus und knallt uns alle ab«, raunte Emil Jonas zu. Daran hatte ich auch schon gedacht. Und bei mir würde er anfangen …

Keiner sagte mehr etwas, höchstens im Flüsterton.

Kosvik bog vom Waldweg ab und winkte uns ungeduldig, ihm zu folgen. Ein Specht hämmerte und das Echo sprang zwischen den Bäumen hin und her. Über den Baumwipfeln kreiste ein großer Raubvogel.

Kosvik stoppte und hob die Hand. Er drehte den Kopf zur Seite und lauschte. Vielleicht hundert Meter entfernt von uns bewegte sich etwas zwischen den Bäumen. Sofort griff Ferdi-Nerdi zum Fernglas.

»Ein grauer Wolf! Er sieht in unsere Richtung! Jetzt streckt er seine Schnauze in die Luft, er nimmt Witterung auf!« Ferdis Stimme war heiser vor Aufregung.

»Gib schon her«, rief Jonas und versuchte, ihm das Fernglas wegzureißen. Ich stieß Jonas gegen die Brust.

»Finger weg!«

»Dämliche Pute!«, schrie Jonas.

»Jonas!«, rief Hänlein.

»Sicher ein Jungtier … neugierig … unerfahren, deshalb wagt er sich nah an uns ran … Er dreht ab … läuft tiefer in den Wald … jetzt ist er verschwunden«, berichtete Ferdi atemlos.

Kosvik nahm das Gewehr von der Schulter und behielt es in der Hand. Von nun an blieb er alle paar Meter stehen. »Wenn die Biester sich schon hier blicken lassen …«, murmelte er.

War ich diesen Weg letzte Nacht nicht auch gegangen? Und wenn das Phantom doch ein ganz und gar normaler Wolf gewesen war? Ein haariges Etwas auf zwei Beinen – das kam mir mit einem Mal bescheuert vor. Ich hatte mich viel zu sehr von Nases Gerede beeinflussen lassen. Und im Dunkeln sah doch jeder Schatten gleich wie in Monster aus.

Auf dem restlichen Weg bis zur Hütte der Wolfsforscherin legte Kosvik ein derartiges Tempo vor, dass wir fast rennen mussten, um ihm hinterherzukommen.

Teresa Opp kam uns schon entgegen. Doch sie winkte hektisch, als wollte sie Kosvik und unseren ganzen Trupp verscheuchen. Sie drehte sich um, bückte sich und schleifte etwas hinter ihre Hütte. Durch Ferdi-Nerdis Fernglas sah ich, dass es ein totes Schaf war. Offenbar sollten wir es nicht sehen. Drei Männer traten hinter der Hütte vor. Einer von ihnen hielt eine große Schippe in der Hand und alle drei trugen Gummistiefel und Arbeitshosen.

»Gemeingefährlich!«, rief einer der Männer. »Jeden Tag ein

anderes von unseren Tieren! Und wer bezahlt uns den Schaden? Dein feiner Herr Professor vielleicht? Die Politiker?«

Währenddessen stapfte der zweite zu einem Trecker, der neben der Hütte stand. Er zerrte ein weiteres lebloses Schaf von der Schaufel des Traktors und warf es der Wolfsforscherin vor die Füße.

»Da braucht man keine Forscherei! Ausgerottet gehören die Bestien!«

Die anderen Männer stimmten laut zu, bis einer von ihnen unser Grüppchen bemerkte. Er stieß die anderen an und sie verstummten.

Kosvik grüßte die Bauern kurz und zündete sich eine Zigarette an. Mit dem Fuß stieß er gegen die Schafe, wie um zu prüfen, ob sie auch wirklich tot waren. »Üble Sache.«

Die Wolfsforscherin, die ihm zur Begrüßung die Hand hinstreckte, beachtete er gar nicht.

»Es ist eine *üble* Sache, wenn Wölfe nicht genug Raum zum Jagen von Wild haben. Dann passiert es, dass sie auch Weidetiere angreifen, ja. Aber ihr bekommt Geld vom Land, als Ausgleich. Damit könnt ihr eure Tiere in Zukunft besser schützen. Mit einem Hütehund zum Beispiel oder sicheren Zäunen.«

Spätestens jetzt wusste ich, dass ich Teresa mochte: Sie war von drei aufgebrachten Männern umringt, und Kosvik wirkte auch nicht gerade wie der nette Typ von nebenan. Aber sie stand da und sagte trotzdem, was Sache war.

Die Bauern murrten und Kosvik winkte verächtlich ab. Teresa aber wischte sich die Hand an der Hose ab und streckte sie uns einem nach dem anderen entgegen. Bei mir hielt sie einen Moment länger inne. Ich schlug die Augen nieder und strich mir den Pony aus der Stirn. Hatte sie mich etwa erkannt?

»Sorry, dass ihr das ganze Chaos mitkriegt. Ich bin Teresa. Ihr müsst die Gruppe von Frau Missel sein. Hallo zusammen! Und jetzt kommt erst einmal mit mir mit.«

Sie zeigte uns ihre Hütte, ohne die Bauern länger zu beachten. »Ich schreibe gerade an der Uni meine Abschlussarbeit über die Rückkehr der Wölfe nach Deutschland. Seit zwei Wochen bin ich da und verbringe jetzt die Sommermonate hier, um möglichst viel über die Wölfe zu erfahren.«

Ferdi-Nerdi hing an ihren Lippen und wich ihr nicht mehr von der Seite. Für ihn musste dieser Tag paradiesisch sein. Teresa zeigte uns vier Gläser im Regal, in denen kleine faserige und schwabblige Stückchen in einer klaren Flüssigkeit schwammen. Ich trat näher heran und entdeckte zwei winzige Knochen.

»Hier untersuche ich den Mageninhalt toter Wölfe und gebe die Reste anschließend in eine spezielle Lösung, um sie haltbar zu machen – zu konservieren. Aber das ist noch nicht alles ...« Sie legte die Krümel, die sie letzte Nacht aufgesammelt hatte, unter das Mikroskop und warf mir einen auffordernden Blick zu. »Was glaubt ihr, ist das?«

Ich sah zur Seite.

»Die Losung eines Wolfs natürlich«, rief Ferdi-Nerdi.

»Wie lautet die Losung? Wie lautet die Losung?«, johlte Jonas und knuffte Emil in die Seite. »Pferdinand im Wolfenland!«

»Losung bedeutet Wolfsexkrement«, entgegnete Ferdi-Nerdi ruhig.

»Oho, der Herr Professor wieder: Exkrement – sag doch einfach Scheiße!«

»Jungs, fahrt mal einen Gang runter jetzt.« Teresa griff sich Jonas und Emil und schob sie zum Mikroskop.

»Erkennt ihr die Fellreste?«

»Wow, und Knochensplitter!« Emil nickte und drehte am Vergrößerungsrad. »Was hat denn der für ein Riesenvieh gefressen?«

»Das war höchstens ein Hase. Meistens müssen sich die Wölfe mit kleinen Säugetieren begnügen, sogar oft mit Mäusen. Dass sie zum Beispiel ein Reh erbeuten, ist eher selten.«

Draußen knatterte der Traktor. Die Bauern zogen ab.

»Das ist erst der Anfang. Sie werden wiederkommen«, sagte Teresa mehr zu sich selbst und sah ihnen durch das kleine Fenster nach. »Ich verstehe ja, dass sie sich um ihre Tiere sorgen. Aber wir sollten zusammenarbeiten statt gegeneinander …«

»Ist das ein Peilsender?«, fragte Ferdi-Nerdi und zeigte auf ein kleines schwarzes Kästchen, das auf dem Tisch lag.

Teresa nickte nachdenklich. »Ja, damit will ich einen der Wölfe aus dem Rudel ausstatten. Auf die Weise kann ich nachverfolgen, wo sie sich aufhalten, wie weit sie laufen. Und falls wieder …« Sie runzelte die Stirn und zögerte.

»… einer von ihnen erschossen wird?« Ferdi-Nerdi zog einen Zeitungsschnipsel aus seiner Hosentasche. »Also stimmt es, was hier steht? Dass Sie eine Belohnung von tausend Euro ausgesetzt haben, weil schon wieder ein Wolf illegal abgeschossen wurde?«

»Die Belohnung stammt nicht von mir, sondern von einem Verein, der sich dem Schutz von Wölfen in Deutschland verschrieben hat. Ja, aber es stimmt. Ein knapp einjähriger Rüde aus dem Rudel, das hier lebt, wurde durch einen Bauchschuss getötet.«

»Und wer hat ihn gefunden?«, fragte Ferdi-Nerdi.

»Ich, nur wenige Kilometer von hier.«

»In anderen Ländern gibt es längst Sondereinheiten, die Wilderer verfolgen. Aber nicht in Deutschland. Hier ist nur die örtliche Polizei zuständig …«, sagte Ferdi-Nerdi.

»… und die sind personell und auch von ihrer Ausrüstung her meist nicht in der Lage, diese Verbrechen aufzuklären. Und es ist ein Verbrechen, geschützte Wildtiere wie die Wölfe zu töten.« Teresa hielt inne. »Aber den düsteren Kram wollt ihr doch nicht hören.« Sie öffnete die Tür. »Kommt, ich zeige euch lieber die Nachtbildkamera. Die habe ich ein paar hundert Meter von hier an einem Baum aufgehängt, gut versteckt. Sie ist auf den Wolfspfad gerichtet, und immer wieder sind Fotos von Wölfen drauf. Der Beweis, dass die Wölfe dort langlaufen, dass der Pfad zu ihrem Revier gehört. Ich sage nur eben Herrn Kosvik Bescheid.«

Sie verließ die Hütte, und Ferdi-Nerdi und Hänlein trotteten ihr hinterher. Ich glaube, nicht nur Ferdi-Nerdi fand Teresa toll. Auch Hänlein fuhr auf sie ab. Aber anders als Ferdi: Hänlein lief jedes Mal, wenn sie ihn ansah, noch röter an als sonst.

Kaum waren die drei draußen, klappte Jonas Teresas Laptop auf. Er tippte, drückte immer wieder auf Enter.

»Bingo! W-o-e-l-f-e-2-0-1-5. Ein schlaueres Passwort ist der nicht eingefallen. Mal sehn, was die wilde Teresa sonst noch gespeichert hat!« Er grinste Emil an, der sofort mitmachte. Wie die Irren klickten sie auf der Tastatur herum.

»Hast du ’n Stick dabei?«

»Klar! Guck mal, die Fotos! Die sieht doch echt scharf aus! Los, lad’s runter! Schnell!«

Ich schlug Jonas den Stick aus der Hand. »Hör auf mit dem Schwachsinn!«

»Halt die Klappe, Opfer!«

»Was hast du zu mir gesagt?«

»Opfer halten die Klappe! Und du bist doch ein Opfer, oder?« Er kam auf mich zu, die Arme verschränkt, und grinste mich spöttisch an.

»Nur weil dein Alter Geld wie Heu hat und dich damit vollstopft, bist du noch lange nichts Besseres«, sagte ich.

»Ach, wirklich?« Jonas stieß verächtlich die Luft zwischen den Zähnen hervor. »Auf jeden Fall um Längen besser als Opfer wie du. Wie war das doch gleich?« Er zwinkerte Emil zu. »Warst du das nicht, die die Feuerwehrmänner aus dem Auto geschnitten haben, weil dein Alter sturzbesoffen gegen ’ne Mauer gefahren ist? Stand doch dick im Tagblatt damals, weiß doch jeder!«

»Opfer, Opfer«, fing jetzt auch Emil an und klatschte in die Hände.

Ich stürzte mich auf Jonas. Er taumelte zurück, fiel zu Boden, ich hinterher. Das hier war längst überfällig! Ich hockte auf seinem Brustkorb und drückte seine Arme nach hinten.

»Wie gefällt dir das?«, schrie ich ihn an. »Jetzt bist du das Opfer!«

»Sofort aufhören!« Plötzlich stand Kosvik hinter mir und zog mich vom Boden hoch, weg von Jonas. »So, Fräulein. Genug geprügelt.« Er schubste mich auf den nächsten Hocker und zog sein Handy aus der Hosentasche.

Jonas stand keuchend auf. »Die tickt doch nicht richtig!«

Hänlein stolperte zur Tür herein. »Was ist los? Wer hat hier geschrien?«

»Jonas hat auf Teresas Laptop herumgeschnüffelt! Er und Emil!«

»Lügnerin!«, rief Jonas wutentbrannt.

»Rück den Stick raus, Emil!«

Emil zog den Stick aus der Tasche und streckte ihn Hänlein entgegen. »Sie können ja nachschauen, nix drauf«, sagte er seelenruhig.

»Klar, weil ich's verhindert hab!«

Kosvik hatte sich währenddessen in die Ecke verzogen und tippte in sein Handy. »Ja. Kosvik hier. Einer Ihrer Schützlinge ist gerade auf einen anderen los.« Er drehte sich zu mir um. »Der Name?«

»Lou Stark.«

»Ja, genau. Die mit den Schuhen. Oder ohne – ganz wie man will.« Kosviks Mundwinkel zuckten, und ich wusste, das war die Gelegenheit, auf die er nur gewartet hatte.

»Das stimmt alles nicht! Jonas hat angefangen!«, schrie ich dazwischen. Aber da hatte Kosvik schon die rote Taste gedrückt und sein Handy weggesteckt. Er grinste mich hämisch an und wandte sich zur Tür. Beinahe wäre ich auch noch auf ihn losgegangen. Ich hatte ihm die Sache mit Mister X heimzahlen wollen. Stattdessen ritt er mich rein, wo er nur konnte!

Teresa betrat die Hütte. »Und? Können wir jetzt aufbrechen?«

»Es gibt da noch ein kleines Problem«, stammelte Hänlein, »Louisa muss leider vorzeitig den Ausflug beenden.«

»Alles in Ordnung mit dir? Du siehst ganz bleich aus. Du bist doch nicht krank?« Teresa sah ehrlich besorgt aus. Sie legte mir die Hand auf die Schulter und begleitete mich nach draußen.

»Die Jungs haben an deinem Laptop rumgespielt. Da bin ich eben dazwischen«, presste ich zwischen den Lippen hervor.

»Das war sehr nett von dir, danke«, sagte Teresa. Sie bohrte nicht weiter nach, wo das Problem lag. Aber ich spürte, dass sie mir glaubte. Und das, obwohl sie gar nicht wissen konnte, ob ich die Wahrheit sagte – schließlich kannte sie mich kaum.

»Ich werde Louisa zurückbegleiten und ihr den Weg zeigen«, sagte Hänlein.

»Oh, ich glaube, den findest du eher als er«, flüsterte Teresa zum Abschied. Ich nickte ihr zu. Jetzt war ich mir sicher, dass sie mich gestern Nacht erkannt hatte. Aber sie verriet mich nicht. Und das gab mir trotz des ganzen Schlamassels ein gutes Gefühl.

Natürlich musste ich Hänlein zeigen, wo es zum Schullandheim ging, und nicht umgekehrt. Mehrere Male war ich kurz davor abzuhauen. Bei Hänleins lausiger Kondition hätte ich das locker geschafft. Einfach losrennen, weg. Aber dann war ich wieder die Böse. Nein! Ich musste der Missel erklären, warum ich auf Jonas losgegangen war. Und dass Kosvik mich auf dem Kieker hatte. Wenn es ernst geworden war, hatte sie mir bisher immer eine Chance gegeben.

Schon von Weitem sah ich sie vor der Haustür stehen. Ihre

verschränkten Arme und der wippende Fuß verhießen nichts Gutes. Sie war blass vor Zorn.

»Geh – in – dein – Zimmer.« Sie wies auf den Betonkasten.

»Ich bin nur auf Jonas los, weil der …«

»Louisa! Geh in dein Zimmer!«

Sie war ein Eisblock. Mit einem Schlag wurde mir klar, dass sie mir kein Wort glauben würde. Sie würde mich nicht einmal anhören.

Ich verzog mich ins Zimmer und wartete und wartete. Meine Gedanken drehten sich im Kreis. Irgendwann kehrte Nase von ihrer Teichexpedition zurück. Wie eine aufgezogene Spielzeugmaus umrundete sie den Tisch und quasselte von Wasserflöhen und Seeadlern.

»Aber du hörst mir ja gar nicht zu! Was ist denn passiert?« Sie setzte sich atemlos zu mir auf die Fleckenmatratze. »Igitt. Da drauf würde ich aber nicht schlafen. Hast du kein Leintuch?«

»Lass mich einfach in Ruhe!«

Nase verzog sich summend vor den Wandspiegel und kämmte ihre Haare. »Kurz vor halb sieben, gleich gibt's Abendessen! Pizza, hat die Missel gesagt. Ich liebe Pizza … Ach, ich liebe die ganze Welt! Weißt du's übrigens schon: Jonas und Sophie sind nicht mehr zusammen.«

Daher wehte also der Gute-Laune-Wind.

Nase zwinkerte ihrem Spiegelbild zu. »Da bleibt die Zahnspange aber schön draußen«, rief sie und fuhr sich mit der Zunge prüfend über die Schneidezähne. Sie riss die Tür auf und drehte sich noch einmal zu mir um.

»Kommst du jetzt?«

»Ich hab Stubenarrest!«

»Du Ärmste, ausgerechnet heute, wo es Pizza ...«

»Wenn du jetzt noch ein Wort sagst –«

Nase flüchtete auf den Gang.

Ich zerrte mir die Decke über den Kopf und versuchte zu schlafen. Wenn die Missel es so wollte, nun gut. Ich würde mich auf alle Fälle nicht für etwas entschuldigen, das richtig gewesen war.

Nach dem Abendessen kam die Missel in unser Zimmer. Sie hatte ein Tablett mit Salamipizza und Früchtetee in der Hand und setzte sich zu mir.

»Ich habe mich für dich eingesetzt – dafür, dass du überhaupt mit hierher durftest. Ich habe Rektor Lesinger gesagt, dass du dich zusammenreißen wirst. Dass nichts mehr vorfallen wird. Herrgott, Louisa, du hattest es mir versprochen!« Etwas leiser fügte sie hinzu: »Ich bin so enttäuscht von dir.«

Das war das Schlimmste, was sie jemals zu mir gesagt hatte. Ich erzählte ihr, was in Teresas Hütte geschehen war. Was Jonas und Emil mit Teresas Laptop angestellt hatten. Wie Jonas mich herausgefordert hatte. Aber was ich auch sagte, ihr Gesicht blieb ausdruckslos.

»Es ist genug, Louisa, ich glaube dir das ja alles«, unterbrach sie mich und seufzte. »Und da kannst du sicher sein: Jonas ist der zweite, der richtig Ärger bekommt. Aber ich hatte dich noch heute Vormittag gewarnt. Und auch wenn dich jemand provoziert, kannst du nicht auf ihn einprügeln.«

Ich wusste, was sie meinte. Und irgendwie verstand ich sogar, dass sie mich heimschicken musste.

Sie stand auf und schob den Hocker zurück unter den Tisch. »Und nun iss etwas. Anschließend kannst du deine Sachen packen. Der Zug geht um kurz nach acht morgen früh. Herr Kosvik hat netterweise angeboten, dich zum Bahnhof zu fahren. Ich habe schon mit deiner Pflegemutter telefoniert … Es tut mir leid.«

Die nächsten Stunden funktionierte ich wie ein Roboter. Mechanisch aß ich die kalte Pizza und trank den sauren Waldfrüchtetee. Dann packte ich meine Sachen. Was hätte ich auch sonst tun sollen? Ich fühlte mich leer und wie gelähmt. Alles hatte sich gegen mich verschworen.

»Warte, ich helfe dir.« Nase trottete zum Schrank und holte meine Klamotten. Sie kämpfte mit den Tränen. Als ob sie abreisen müsste und nicht ich. Dabei konnte sie doch froh sein, mich bald los zu sein. Die meiste Zeit war ich nicht besonders nett zu ihr gewesen.

»Es ist wegen Mister X. Weil du ihn heimlich mitgenommen hast, stimmt's? «, schluchzte sie.

»Unsinn. Dein Super-Jonas ist schuld. Und dieser Kosvik. Und zu dem soll ich auch noch ins Auto steigen morgen früh. Da stürz ich mich besser gleich aus dem Fenster.«

»Oh, bitte nicht«, weinte Nase noch lauter.

Ich nahm ihr die T-Shirts aus der Hand und legte sie in den Koffer. »War doch nicht ernst gemeint!«

»Aber was wird aus dir, wenn du nach Hause kommst?«, Bist du dann nicht mehr an unserer Schule?« Nase zitterte am ganzen Körper.

»Keine Ahnung«, murmelte ich. Dieselben Fragen schwirrten

doch schon den ganzen Abend in meinem Kopf herum, ohne dass ich eine Antwort fand. Am meisten Angst hatte ich vor Karla und Elmar. Vor ihrem enttäuschten Schweigen, mit dem sie mich empfangen würden. Wenn sie mich überhaupt noch sehen wollten. Sicher hatten sie längst Jonas' Vater Bescheid gegeben, dass sie mit mir nicht klarkamen. Besaßen Pflegeeltern nicht so eine Art Rückgaberecht, wie beim Onlinekauf, wenn einem die Schuhe doch nicht passten?

»Wie geht's dir?«, tippte ich an Manu schließlich auf dem Handy. Sie schickte mir ein Smiley mit Daumen hoch, und das war die erste gute Nachricht an diesem verkorksten Tag. Ich schrieb ihr zurück, dass ich sie so schnell wie möglich im Krankenhaus besuchen würde. Mit einem Mal fiel mir ein, was die Missel vorher ganz beiläufig gesagt hatte: »Herr Kosvik hat netterweise angeboten, dich zum Bahnhof zu fahren.« Erst jetzt kapierte ich ihre Worte wirklich. Auf einen Schlag war ich hellwach: Von der einsamen Landstraße durch die Wälder konnte Kosvik jederzeit auf einen noch einsameren Seitenweg abbiegen und mich umbringen. Anschließend würde er meine Leiche im Wald verscharren oder in einem der unzähligen Tümpel versenken und später behaupten, ich sei davongelaufen. Mein Herz pochte. Auf keinen Fall durfte ich morgen früh zu ihm ins Auto steigen! Ich musste diesen Sack finden, den er hier irgendwo versteckte, das war meine einzige Chance. Damit konnte ich ihn als Bösewicht entlarven und die Missel würde mir endlich glauben und die Polizei rufen. Und falls bei der ganzen Sache etwas schiefging, würde ich zu Teresa flüchten. Sie half mir ganz bestimmt.

Als Nase sich endlich fertig geschnäuzt und die Bettlampe ausgeknipst hatte, war es nach elf. Kurz darauf atmete sie tief und gleichmäßig. So leise wie möglich stand ich auf und stopfte meinen Geldbeutel, Handy, Pfefferspray und einen dicken Pulli in die Umhängetasche. Das übrige Stück Pizza steckte ich in einen Plastikbeutel und packte es zu den anderen Sachen. Ich faltete den Wölfe-Prospekt auseinander und hielt ihn zum Fenster, damit das Mondlicht die Karte auf der Rückseite beleuchtete. Für den Notfall wollte ich mir den Weg zu Teresas Hütte und die Umgebung einprägen. Ich musste vor allem aufpassen, dass ich nicht zu weit nordöstlich von der Hütte geriet. Denn in dieser Richtung schloss sich an die Seen ein riesiges unbewohntes Sperrgebiet an – der ehemalige Truppenübungsplatz des Militärs. Erst rund zwanzig Kilometer dahinter waren wieder Dörfer und kleinere Städte eingezeichnet. Wenn ich mich in dieser verlassenen Gegend verirrte, nützte mir sicher nicht einmal mein Handy etwas – ohne Mobilfunknetz.

Wenig später schlich ich die Treppe hinunter. Die Holzstufen knarrten viel lauter als sonst. Oder kam mir das nur so vor? Im ganzen Haus war es dunkel, nur aus dem Kellergeschoss drang etwas Licht durch das Treppenhaus nach oben. Dieser Kosvik verbrachte offenbar die ganze Nacht dort unten. Vielleicht schlief er ja sogar auf dem Klappbett mit der Wolldecke, das in der Ecke gestanden hatte. Und wo steckte eigentlich Hugo?

Auf Zehenspitzen arbeitete ich mich bis zum Treppenansatz in den Keller vor. Aber wie sollte ich an Kosviks Büro vorbeikommen, ohne dass Hugo anschlug? Vielleicht hätte ich lieber die

Außentreppe nehmen sollen. Unvermittelt näherten sich Schritte von unten. Ich wich zurück in den Flur. Wohin jetzt? Schnell drückte ich die Schwingtür zur Küche auf und huschte an den großen Spülbecken und dem doppelten Herd vorbei. Im Speisesaal ging das Licht an und schnelle schwere Schritte näherten sich. Ich hastete in die Speisekammer am Ende der Küche und blieb an einer Schöpfkelle hängen, die scheppernd zu Boden fiel. In der Küche blinkten die Neonröhren. Im letzten Moment kroch ich unter einen riesigen Wäscheberg, der in der hintersten Ecke auf dem Boden lag. Mein Herz pochte bis zum Hals.

»Na warte. Jetzt krieg ich dich!« Kosvik stand direkt vor der Wäsche, ich hätte seine Fußspitzen berühren können. »Was willst du mit der Kelle? Dieses Mal Suppe klauen, du Wicht? Dir werd ich's zeigen!«

Er stieß mit seinem Stiefel gegen die Wäsche und traf meinen Arm. Autsch! Das gab einen gehörigen blauen Fleck. Ich bekam kaum Luft unter den dicken Handtüchern. Aber wenn ich mich jetzt rührte, entdeckte er mich auf jeden Fall.

Seine Stiefel bewegten sich weg von mir und durch eine kleine Lücke konnte ich sehen, wie Kosvik die Verandatür aufriss.

»Mistkerl, wo steckst du? Ich bring dich um!« Er knallte die Tür wieder zu, löschte das Licht und polterte aus der Speisekammer.

Ich schleuderte den Wäscheberg von mir und sprang auf. Die Verandatür, meine einzige Chance! Ich öffnete die Tür und flitzte durch den Garten, vorbei am Teich, auf die Steinmauer zu. Da musste ich drüber, bis zum Tor war es zu weit, und sicher suchte

Kosvik jetzt dort vorn nach dem Dieb. Mit einem Fuß fand ich Halt in einem kleinen Vorsprung, zog mich die Mauer hoch. Meine Hände brannten, überall zwischen den Mauersteinen wuchsen Brennnesseln. Ich schwang ein Bein auf die andere Seite, zog das andere nach, sprang und landete hart auf dem Asphalt. In diesem Augenblick blendeten zwei Scheinwerfer auf und ein Auto rollte auf den Parkplatz. Ich rappelte mich hoch, flüchtete hinter Kosviks Wagen und duckte mich so tief wie möglich. Autotüren schlugen zu und Schritte näherten sich. Die Heckklappe von Kosviks Pick-up war heruntergeklappt. Kurzentschlossen kletterte ich auf die Ladefläche und kroch ganz nach hinten. Dort versteckte ich mich zwischen Schaufeln, jeder Menge Plastikkanistern und anderem Kram, den ich in der Dunkelheit nicht richtig erkennen konnte.

»Guten Abend, Frank!«

»Aus, Hugo! ’n Abend«, brummte Kosvik.

Ich hob den Kopf und lugte durch die Rückscheibe des Pickups. Ein Streifenwagen stand auf dem Parkplatz und zwei Polizisten redeten mit Kosvik. Zu gern hätte ich gewusst, was sie von ihm wollten.

Ich atmete tief durch, allerdings nur einmal. Was roch hier so ekelhaft? Faulig-süßlich, einfach widerlich! Mit einer Hand hielt ich mir die Nase zu und tastete mit der anderen Hand den dunklen Umriss neben mir ab. Schlagartig hatte ich am ganzen Körper Gänsehaut. Dieses feste grobe Material – das fühlte sich doch an wie ein Jutesack! Vielleicht war es sogar genau derselbe, den Kosvik und Nico gestern Nacht ins Haus getragen hatten!

Und wenn tatsächlich eine Leiche darin war, und der Gestank war Verwesungsgeruch? Mich schüttelte es, fast musste ich mich übergeben. Ich griff noch einmal nach dem Sack, meinte im Inneren einen Schädel zu fühlen, dünne Beine, einen Körper … Am liebsten wäre ich aufgesprungen und nichts wie weg. Aber ich musste herausfinden, was Kosvik versteckte, auch wenn es noch so eklig war. Endlos fummelte ich an der Kordel, bis der Mehrfachknoten aufging. Ein bestialischer Geruch strömte mir entgegen. Ich zog die Öffnung weiter auseinander und steckte meine Hand vorsichtig hinein. Struppiges festes Fell, dünne Beine, ein buschiger Schwanz. Wenn es nur ein bisschen heller gewesen wäre! Jetzt fühlte ich den Kopf, eine lange schmale Schnauze. Mit angehaltener Luft zog ich das Tier ein Stück aus dem Sack und erstarrte. Ein toter Wolf blickte mich an. Ich ließ den Kopf los und presste meine Hand auf den Mund, um nicht zu schreien. In diesem Moment stiegen die Polizisten in den Streifenwagen und fuhren davon. Wenn Kosvik jetzt zur Rückseite seines Autos ging und nach der Ladung sah, war's das. Aber zum Glück entfernten sich seine Schritte, er pfiff nach Hugo, und kurz darauf schlug das Eisentor zu.

Ich schob und stopfte den leblosen schlaffen Wolfskörper mühsam zurück in den Jutesack und hockte ein, zwei Minuten nur so da. Dann knotete ich den Sack notdürftig wieder zu und allmählich ließ das flaue Gefühl in meinem Magen nach.

Ich versuchte zu kapieren, was ich gerade entdeckt hatte. Kosvik und sein Kumpan versteckten tote Wölfe. Teresa hatte uns von Wilderern erzählt und davon, wie verhasst die Wölfe bei vielen

Menschen in der Gegend waren. Wenn ich nur an die Bauern mit ihren toten Schafen dachte, glaubte ich ihr sofort. Und Kosvik traute ich sowieso alles zu – auch, dass er es gewesen war, der diesen Wolf erschossen hatte.

Mit weichen Beinen kletterte ich von der Ladefläche und schleppte mich zum Eisentor. Es war verschlossen. Ich rüttelte vorsichtig, um keinen Lärm zu machen, drückte die Klinke, vielleicht klemmte das Tor nur. Aber ich bekam es nicht auf. Irgendetwas stimmte hier nicht. Warum hatte Kosvik abgeschlossen, wenn er doch offenbar mit seinem Pick-up wegfahren wollte? Ich drehte um, lief an der Mauer entlang. Plötzlich schoss Hugo um die Mauerecke, genau auf mich zu.

»Fass, Hugo!«, brüllte Kosvik, der hinter ihm auftauchte und im selben Moment traf mich der Schein seiner Taschenlampe. Ich machte kehrt, spurtete über den Parkplatz, Hugo laut bellend hinter mir her. Ich erreichte die Bäume, rannte in den Wald, noch immer verfolgte Hugo mich, gleich hatte er mich erreicht. Abrupt stoppte ich ab und drehte mich zu ihm herum.

»Platz, Hugo!« Da prallte er schon in vollem Lauf gegen meine Beine. Für einen Moment schien er die Orientierung verloren zu haben. Er schüttelte sich, sprang dann auf. In diesem winzigen Augenblick riss ich das Pizzastück aus meiner Tasche. Hugo zog die Lefzen zurück und knurrte. Er schwankte noch immer etwas, aber er hechelte auch, als ich die Pizza mit flatternden Fingern aus der Tüte zerrte, und Speichel tropfte aus seinem Maul. Keine Sekunde ließ er das labbrige Teigstück aus den Augen.

»Platz!«

Zögernd legte er sich nieder. Ich warf ihm die Pizza hin, er schnupperte, schnappte danach und verschlang sie mit einem Bissen.

»Und jetzt verschwinde, ab nach Hause!«

Hugo wedelte zaghaft mit dem Schwanz und wandte sich langsam um. Ich wartete nicht länger und rannte wieder los. Kosvik konnte nicht weit hinter mir sein, und wer wusste schon, wann Hugo es sich anders überlegte – oder noch mehr Pizza wollte! Ohne zu überlegen, schlug ich den Weg zu Teresas Hütte ein. Nach einer Weile verlangsamte ich mein Tempo und schaute hinter mich. Kosvik und Hugo folgten mir nicht mehr. Aber Kosvik hatte mich zweifelsfrei erkannt. Er hatte mir an der Mauer eine Falle gestellt, wohl weil er wusste, dass ich sein Geheimnis kannte, und mich zum Schweigen bringen wollte. Ins Schullandheim traute ich mich nicht mehr zurück, jedenfalls nicht ohne Hilfe.

Der Weg zu Teresas Hütte kam mir länger vor als die letzten Male, vielleicht weil ich es so eilig hatte. Heute Nacht war der Himmel außerdem zum ersten Mal bedeckt, und nur noch ab und zu leuchtete der Mond aus einer Wolkenlücke vor. Der Wald um mich herum war pechschwarz, wie ein riesiges Loch, das alles Licht verschluckte – und in dem alles Mögliche lauern konnte. Ich war erleichtert, als ich endlich das Licht der Hütte erblickte. Jetzt würde alles gut werden. Sicher saß Teresa, in eine Decke eingehüllt und mit einer Tasse Tee in der Hand, vor ihrem Laptop und tippte. Die letzten Meter rannte ich fast wieder. Aber kurz vor dem Eingang stoppte ich. Hier stimmte etwas nicht: Die Tür war nur angelehnt und drinnen rumpelte und schepperte es merkwürdig.

»Shit!«, fluchte jemand. Aber der hatte eine viel tiefere Stimme als Teresa. Ob sie einen Freund hatte, der sie besuchte? Aber warum sagte Teresa die ganze Zeit nichts? Ich schlich zu einem der Fenster und spähte hinein. Ein großer dünner Junge – vielleicht zwei oder drei Jahre älter als ich – huschte zwischen den Regalen hin und her. Die Hütte sah aus, als hätte eine Bombe eingeschlagen. Der Stuhl war umgefallen, Bücher und Ordner waren aus den Regalen gerissen und lagen kreuz und quer auf dem Fußboden. Und keine Spur von Teresa.

Ich griff einen dicken Ast und stürmte in die Hütte. »Hey, was machst du da?«

Ein ekliger Geruch strömte mir entgegen. Eine Mischung aus nassem Hund, Schweiß und Sieben-Tage-ungeduscht. Der Junge fuhr herum. Er sah aus wie ein Zombie: ausgemergeltes Gesicht, die Haut wie aus Leder und seine Augen lagen tief in den Höhlen. Das T-Shirt unter seinem merkwürdigen Fellumhang bestand nur aus Fetzen, und die Arme waren übersät von blauen Flecken und blutigen Wunden und Narben. Unter seinem Arm klemmten eine lange Salami und ein Brotlaib. Er machte zwei, drei flinke Schritte auf mich zu, schubste mich zur Seite und stürmte davon.

»Halt, bleib stehen!«, schrie ich hinter ihm her. Aber da war er schon im Wald verschwunden. Ich rannte um die Hütte herum, rief nach Teresa, doch sie antwortete nicht. Hoffentlich war ihr nichts zugestoßen. Dieser Zombijunge hatte gewütet wie ein Wahnsinniger. Und wenn er Teresa entführt hatte? Oder sie stand gefesselt und geknebelt an einen Baum gebunden und konnte nicht einmal um Hilfe rufen. Ich lief die nähere Gegend ab, aber nirgendwo stieß ich auf eine Spur von Teresa.

Ihren Laptop fand ich neben dem Eingang im Dreck, die Gläser mit den Wolfsproben lagen in tausend Scherben zersplittert zwischen Büchern und Papieren auf dem Boden. Und erst jetzt fiel mir auf, dass die Scheibe des hinteren Fensters eingeschlagen war. Am Anfang hatte ich geglaubt, dass der Junge Teresa ausrauben wollte. Aber wieso hatte er dann nur Essen geklaut und den Laptop weggeworfen wie Müll? Und warum hatte er die ganze Hütte demoliert? Ich zweifelte keine Sekunde, dass der Junge und das Phantom, dem ich in der ersten Nacht gefolgt war, ein und dieselbe Person waren. Nase hatte recht gehabt: Dieser seltsame Typ schlich hier in der Gegend herum und trieb sein Unwesen. Er brach in Hütten und Häuser ein, offenbar auf der Suche nach Essen. Und wer weiß, was er sonst noch im Sinn hatte.

Notdürftig räumte ich in der Hütte auf und hoffte die ganze Zeit über, dass Kosvik nicht auftauchte. Schließlich fand ich zwischen zwei Büchern einen Notizzettel, und auf dem Sofa lag ein Kuli. Für den Fall, dass ich Teresa in der Nähe der Hütte nicht finden würde, wollte ich ihr eine Nachricht hinterlassen. Ich schrieb ihr eilig, dass ihre Hütte überfallen worden war von einem merkwürdigen Jungen, der ein Tierfell trug. Und was ich über Kosvik herausgefunden hatte.

Ich löschte die Lampen, trat aus der Hütte und schloss die Tür hinter mir. Überall um mich herum raschelte und knackte es. Ein schwarzer Schatten flatterte zwischen den Bäumen hervor und flog so dicht über meinen Kopf, dass ich den Luftzug spürte. Ich duckte mich und hielt die Hände über meinen Kopf. Was war das gewesen? Eine Eule? Oder eine Fledermaus?

Ich ging zur Rückseite der Hütte und von dort ein Stück weiter in den Wald. Unwillkürlich setzte ich jeden Schritt möglichst leise. Mit jedem Meter, den ich mich mehr von Teresas Hütte entfernte, fühlte ich mich unbehaglicher. Genau in dieselbe Richtung war der durchgeknallte Felljunge vorhin abgehauen. Und schon wieder war es stockfinster. Der konnte hinter jedem Busch lauern!

Hier in der Nähe hatte Teresa doch die Fotofalle aufgehängt, an einem großen Baum, gut getarnt von Blättern und Ästen. Vielleicht kontrollierte sie nur, ob die Falle funktionierte. Wieder rief ich nach ihr. Wieder antwortete sie nicht.

Plötzlich funkelte etwas ein Stück vor mir. Das konnte die Kamera sein. Oder aber zwei Augen, die mich beobachteten. Ein Wolf? Der Junge? Ich traute mich keinen Meter vorwärts. Am liebsten wäre ich umgekehrt. Die beiden schimmernden Punkte bewegten sich nicht von der Stelle. Ich machte ein paar Schritte nach rechts. Jetzt bewegten sich die Punkte ebenfalls nach rechts. Mein Herz pochte. Ich suchte den Waldboden nach einem Stock ab, aber überall lagen nur dünne Zweige.

»Hallo? Ist da wer?« Meine eigene Stimme klang fremd und belegt. Das Pfefferspray! Meine Hände zitterten so stark, dass ich den Reißverschluss der Tasche kaum aufbekam. Ich durchwühlte den Inhalt, während ich immer schneller rückwärtsstolperte. Endlich fand ich das Spray und hielt es hoch in die Luft. Doch die unheimlichen Funkelaugen waren verschwunden.

Allmählich wurde der Waldboden matschiger, und einzelne tote Bäume ragten mit ihren abgebrochenen hohlen Stämmen wie riesige Monsterpuppen in den Nachthimmel. Der Mond ließ sich jetzt wieder häufiger sehen und ich versuchte, mir die Umgebung einzuprägen, damit ich den Rückweg fand. Bei jedem Schritt sank ich tiefer in dem moorigen Boden ein. Schließlich schälte ich die Füße aus den nassen, klebrigen Socken und steckte die Schuhe ein. Doch auch barfuß kam ich nur im Schneckentempo voran. Wie lange sollte ich Teresa noch suchen? Sie konnte überall sein, vielleicht war sie sogar über das Wochenende nach Hause gefahren und ich machte mir ganz unnötig Sorgen um sie. Ich balancierte über einige rutschige Baumstämme, die hintereinander lagen, als hätte jemand damit einen Weg durch den Morast gebaut. Der Zombiejunge kam mir wieder in den Sinn. Und die Werwolfstory, die ich kürzlich gelesen hatte. Warum war ausgerechnet heute Nacht Vollmond? Normalerweise war ich nicht ängstlich, und ich glaubte auch nicht an Werwölfe, Zombies und den ganzen Quatsch. Aber nachts, in dieser einsamen Gegend, allein …

Ein Schwarm Stechmücken surrte um mich herum und piekte mich durch das T-Shirt und in den Fußrücken, bis ich wie wild um mich schlug. Ich fischte mein Smartphone aus der Hosentasche und schaltete es ein. Ungeduldig tippte ich die PIN ein, vertippte mich prompt und musste sie ein zweites Mal eingeben: 7-3-9-0. Google würde mir schon anzeigen, wo ich mich gerade befand. Jetzt noch bestätigen … Kein Netz, zeigte mein Handy an. Wie ich befürchtet hatte. Nicht einmal Hilfe rufen konnte ich. Ich drückte auf Abbruch, machte das Handy aus und drehte um.

Nach einer Weile lag das Stechmückenmoor endlich hinter mir

und ich hatte wieder festeren Boden unter meinen Füßen. Aber Teresas Hütte tauchte nicht auf, und je länger ich ging, umso unbekannter kam mir die Gegend vor. Wenn ich bloß nicht in dieses Sperrgebiet geraten war. Aber nirgendwo hatte doch ein Schild gestanden, das darauf hinwies, und ich war auch auf keinen Zaun gestoßen. Allmählich dämmerte es und das beruhigte mich etwas. Wenn gleich im Osten die Sonne aufging, konnte ich wenigstens ungefähr erschließen, wo Süden war. In dieser Richtung lag das Schullandheim. Ich durchquerte ein Kiefernwäldchen, das von Heidekraut und Gras bewachsen war, und setzte mich auf einen Baumstumpf. Eine ganze Weile massierte ich meine wunden Füße und kratzte an den juckenden Stichen. Meine Kehle war ausgetrocknet, ausgerechnet zu trinken hatte ich nichts eingepackt. An keinem einzigen Teich war ich bisher vorbeigekommen, und die abgestandene dunkle Moorbrühe im Sumpf war mir nicht geheuer gewesen.

Plötzlich bellte etwas hinter mir. Ich fuhr herum. War das Hugo? Aber wie kam der auf einmal hierher? Mit den Augen suchte ich das hügelige Gelände nach Kosviks Köter ab. Keine fünfzig Meter entfernt, auf einer kleinen Anhöhe, stand das Tier zwischen zwei lichten Sträuchern. Doch etwas an Hugo war anders. Sein Fell wirkte buschiger und heller, und auch das Gesicht hatte sich verändert – die schmale Schnauze und der durchdringende Blick … Mir blieb die Luft weg. Dieses Tier dort war nicht Hugo, sondern ein Wolf! Was jetzt? Ich hatte keine Waffe und Weglaufen war sinnlos. Der Wolf war garantiert schneller als ich, er würde mich sofort einholen. Außerdem lauerte vielleicht ein ganzes Rudel in der Nähe, das nur darauf wartete, die Jagd auf mich zu eröffnen. Allein schon bei dem Gedanken schlotterten meine Arme und Beine.

Mit erhobenem Kopf und aufgestellten Ohren beobachtete mich der Wolf, ohne sich von der Stelle zu rühren. Ahnte er, dass ich gerade die Angst meines Lebens durchmachte? Fast hatte ich den Eindruck, als würde er diesen Moment extra lange auskosten. Meine Gedanken flogen wie wild gewordene Wespen durcheinander, bis sie sich alle bei einem Wort trafen: Pfefferspray! Unendlich langsam zog ich das Spray aus der Hosentasche, ohne den Wolf aus den Augen zu lassen. Er hob seine Nase in den Wind und witterte. Selbstbewusst wirkte er, stolz und voller Kraft. Ich dagegen kam mir umso kleiner und hilfloser vor, und daran änderte auch das Spray nichts, das ich in seine Richtung streckte.

Die ganze Zeit über konnte ich den Blick nicht von ihm abwenden, obwohl ich gleichzeitig nur wegwollte. Wir starrten uns gegenseitig an und seltsamerweise ließ meine Angst mit jeder Sekunde ein wenig nach. War es möglich, dass dieser Wolf mich hypnotisierte? Das Foto der Wölfin fiel mir ein und wie magisch angezogen ich mich von dem Bild gefühlt hatte. Ich schüttelte den Kopf. Hypnotisiert von einem Wolf, was für ein Quatsch! Im selben Augenblick drehte das Tier sich um und verschwand im Gebüsch.

Mein ganzer Körper kribbelte. Ich legte mich auf den Boden und streckte meine Arme und Beine so weit von mir, wie es ging. Ganz tief atmete ich in den Bauch ein und aus, ein und aus. Ich lebte! Dieser Wolf hatte mich nicht angegriffen, sondern war in sicherem Abstand stehen geblieben. Als ob er neugierig gewesen wäre, wer da am frühen Morgen durch seinen Wald marschierte. Ob es dasselbe Tier war, das wir auf der Wanderung zu Teresas Hütte gesehen hatten?

Mittlerweile leuchtete der Himmel im Osten rötlich. Die Sonne würde bald aufgehen. Ich brach nach Süden auf, aber das war leider genau die gleiche Richtung, in die auch der Wolf gelaufen war. Ich watete durch einen flachen, eiskalten Bach, kühlte meine Füße und trank von dem klaren Wasser, so viel ich konnte. Immer nach ein paar Schlucken drehte ich mich wieder um und vergewisserte mich, dass der Wolf nicht hinter mir stand. Von Ferdi-Nerdi wusste ich: Wölfe hatten eine superempfindliche Nase, mit der sie über Hunderte Meter riechen konnten, wenn der Wind günstig stand. Und sie zogen sich zurück, lange bevor ein Mensch überhaupt in ihre Nähe kam. Aber dieser Wolf hatte sich mir zeigen wollen. Warum? Zum ersten Mal hätte ich etwas darum gegeben, wenn Ferdi-Nerdi hier gewesen wäre.

Kurze Zeit später blitzten die ersten Sonnenstrahlen durch die Baumkronen. Ich war todmüde. Endlich fühlte ich mich sicher genug, um eine Pause zu machen. Ich legte mich in eine sandige Kuhle, nahm die Tasche als Kopfkissen, deckte mich mit meinem Pulli zu und schlief sofort ein.

9

Stimmen rissen mich aus dem Schlaf. Ich schlug die Augen auf und blieb reglos liegen.

»Brigitte, hier entlang«, rief ein Mann. Er konnte höchstens ein paar Meter weg von mir sein.

»Aber das ist doch kein Weg!«

»Und ob das ein Weg ist – wo hast du deine Augen?«

»Ich sehe nur eine Teerstraße. Und ich geh nicht durchs Sperrgebiet. Lies mal: Militärische Zone – Zutritt verboten! Womöglich machen die da noch Schießübungen mit den Dingern … na, sag schon, mit den …«

»… Panzern, mein Schatz, Panzer heißen die! Pass auf, dass du nicht auf eine Mine trittst!«

»Du sollst mich nicht immer erschrecken!«

Himmel, jetzt kam ihre Stimme auch noch näher. Schon tauchte der obere Teil eines Sonnenhutes auf, dann der ganze Hut und der Kopf. Ein Glück, die Frau stand mit dem Rücken zu mir. Aber wenn sie sich umdrehte, blickte sie direkt zu mir in die Sandkuhle.

»Dann lass uns hier ein Päuschen machen, es ist doch schon zwei durch«, nölte sie jetzt.

»Ist ja gut. Hast du Kekse? Pack mal den Kaffee aus!«

Mein Magen knurrte. Und bei dem Wort Kekse gluckerte er. Ich wollte schon aufspringen und mich den beiden zeigen. Aber dann wurde ich unsicher: Was passierte, wenn sie mich zurück zum Schullandheim brachten oder die Polizei riefen? Würde mir die Missel wirklich glauben, dass ich vor Kosvik weggelaufen war? Er hatte den toten Wolf – vielleicht waren es auch mehrere – sicher längst fortgeschafft, und was konnte ich ihm dann noch beweisen? Ich würde nur noch mehr Ärger bekommen – und das Ergebnis blieb dasselbe: Sie schickten mich nach Hause. Und Kosvik hatte mich da, wo er mich haben wollte – ihm ausgeliefert, in seinem Wagen. Wenn ich bloß gewusst hätte, wo Teresa steckte …

»Hier, die Picknickdecke, zum Glück hab ich die noch eingepackt. Wo sollen wir denn sonst sitzen. Gibt ja nich mal eine Bank!«

Die beiden rissen mich aus meinen Gedanken. Ich verharrte in der Kuhle, aber jeder Knochen tat mir allmählich weh vom langen Liegen auf dem Boden, und mein Arm war eingeschlafen und kribbelte, wie wenn tausend Ameisen auf ihm entlangmarschieren würden. Und die zwei unterhielten sich über Picknickdecken und Bänke!

Sie schlürften Kaffee und ich hoffte, sie würden gleich weitergehen. Aber nach einer Weile sagte keiner der beiden mehr etwas. Waren sie überhaupt noch da? Aber so leise hatten sie doch nicht zusammenpacken und verschwinden können! Schließlich spähte ich über den Rand meiner Kuhle. Da lagen sie auf ihrer Picknickdecke und schliefen und der Mann schnarchte jetzt sogar ein wenig.

Neben den beiden, am Rand der Decke, lagen drei knusprige braune Kekse mit Schokostückchen. Das Wasser lief mir im Mund zusammen. Ich schlüpfte in meine Schuhe, schulterte die Tasche und schlich auf Zehenspitzen zur Decke. Der Mann röchelte und ein dünner Speichelfaden lief ihm aus dem Mundwinkel. Wie eklig! Schnell griff ich nach den Keksen und huschte davon. Nach ein paar Metern rannte ich los, vorbei an den Warnschildern, mitten hinein ins Sperrgebiet.

Ich lief eine ganze Weile, bis ich mich endlich sicher genug fühlte, um anzuhalten. Die Schokolade in den Keksen war schon geschmolzen und verschmierte meine Hände. Aber das war mir egal. Genüsslich schob ich den ersten Keks in den Mund und kaute ihn ganz langsam. Ich biss gerade in den zweiten Keks, da bellte es hinter mir, leise und kurz, mehrere Male. Dieses Bellen kannte ich von unserer letzten Begegnung. Ich fuhr herum. Tatsächlich, es war der Wolf! Dieses Mal saß er keine zwanzig Meter entfernt von mir im Gras. Seit wann hockte er schon da und beobachtete mich? War er mir etwa die ganze Zeit gefolgt? Mit seinen bernsteinfarbenen Augen fixierte er mich, das Maul leicht geöffnet. Ein Stück seiner rosa Zunge hing heraus und er sah aus, als ob er lächelte. Sein Fell war dicht und grau, mit braunen und hellen Flecken, und an den Hinterbeinen hingen noch Reste des Winterfells. Kein Zweifel: Es war der Wolf von heute früh. Wieder starrten wir uns an. Ich wusste nicht, was ich tun sollte. Und mir kam es so vor, als wüsste er es auch nicht. Irgendwann erhob sich der Wolf und verschwand im halbhohen Gras und noch eine ganze Weile verfolgte ich seinen Weg anhand der schwankenden Spitzen der langen dünnen Grashalme.

Wie in Trance aß ich die restlichen Kekse, stand auf und folgte ihm. Fast wie am Morgen der Abfahrt, als ich mir eingebildet hatte, der Wolf auf dem Foto wäre lebendig … Und jetzt schlich ich tatsächlich einem Wolf hinterher, einem echten, lebendigen Wolf!

Ein leichter Wind wehte und verwandelte die Grasebene vor mir in einen grünen wogenden Teppich. Vielleicht hundert Meter weiter standen einige Bäume und das Gelände stieg etwas an. Ich kniff die Augen zusammen und ging zögernd weiter. Wo war der Wolf? Bis eben hatte ich mich an seinem Kopf orientiert, der immer wieder aus dem Gras aufgetaucht war. Aber jetzt fühlte ich mich mit jedem Meter unwohler. Am besten, ich erreichte möglichst schnell die Hügel. Von dort oben konnte ich die Gegend besser überblicken als in dem dichten hohen Gras.

Am Rand der Ebene tauchte das Dach eines Bauernhofs auf. Unwillkürlich duckte ich mich. Doch die Felder, die den Hof umgaben, waren gar nicht bestellt und Unkraut wucherte zwischen den dicken braunen Ackerschollen. Das Dach war an einer Stelle eingebrochen und viele Ziegel fehlten. Offenbar war der Hof nicht mehr bewohnt.

Mein Magen knurrte. Die drei Kekse hatten ihm erst richtig Appetit gemacht. Und wenn in dem Bauernhof noch Vorräte lagerten? Konnte doch sein, dass bis vor Kurzem Menschen dort gelebt hatten. Ich beschloss nachzusehen. Bis zum Feldrand bot mir das halbhohe Gras genügend Deckung. Das Stück zwischen Feld und Scheune rannte ich, auch wenn ich mir sicher war, dass kein Mensch in der Nähe war. Von der Scheune aus überblickte ich den Innenhof, die Stallungen und das Wohnhaus. Nichts regte sich. Nur eine Entenmutter mit ihren Küken watschelte zu einem kleinen Tümpel, und die verwitterte Haustür des Bauernhauses schlug im Wind knarrend auf und zu. Eine Schar Gänse überflog schnatternd den Hof. Mit einem Mal war mir, als bewegte sich hinter einem der Fenster unter dem Dach etwas. Stand dort jemand und blickte zu mir herunter? Hatte sich nicht gerade die Gardine bewegt? Ich ließ das Fenster nicht aus den Augen. Die fliegenden Gänse spiegelten sich in der Fensterscheibe. Als sie weg waren, beobachtete ich das Fenster noch eine ganze Weile. Ich musste mich getäuscht haben, da oben war niemand.

Im Laufschritt überquerte ich den Vorplatz und drückte behutsam gegen die Haustür. Mit einem Satz sprang etwas Haariges, Fauchendes zwischen meinen Beinen durch. Ich schrie auf. Die schwarze Katze verkroch sich unter einer brüchigen Holzbank neben dem Eingang. Mein Puls hämmerte in den Ohren, als ich das Haus betrat.

»Jetzt reiß dich mal zusammen! Du schaust dich in der Küche um, siehst im Keller nach und gehst wieder!« Na spitze, jetzt führte ich schon Selbstgespräche.

Im Flur war es dämmrig. Rechts von mir fiel aus einer Milchglastür Tageslicht in den Gang. Vielleicht war das ja die Küche. Ich betrat den Raum und stand tatsächlich in einer riesigen Wohnküche. Die Möbel waren mit einer dicken Staubschicht bedeckt und die Fenster mit Spinnweben verhangen. Alle Schränke waren leer, aber immerhin entdeckte ich in einer Schublade einen Kerzenstummel und Feuerzeug. Wenn ich mich im Keller umsehen wollte, brauchte ich Licht.

Zurück auf dem Flur fand ich gleich neben dem Eingang eine Tür und dahinter eine schmale Steintreppe, die nach unten führte. Ich zündete die Kerze an. Feucht-modriger Geruch stieg mir entgegen, als ich die steile Stiege nach unten ging. Auf der letzten Stufe hielt ich die Kerze hoch.

Der vordere Teil des Gewölbekellers war leer. Was hatte ich denn geglaubt? Dass saftige Schinkenkeulen von der Decke hingen und ein riesiges Konservenbüchsenlager nur darauf wartete, von mir geplündert zu werden? Ich durchquerte den Raum und leuchtete die Holzregale hinten an der Wand ab. Eine Reihe nach der anderen. Nichts. Bis auf ... was war das? Im obersten Regal, ganz hinten an der Wand, stand etwas. Auf Zehenspitzen streckte ich mich nach oben, ertastete mit den Fingerspitzen zwei Gläser. Ich bekam sie zu fassen und zog sie bis zum Rand vor. Es waren zwei Einmachgläser, die offenbar jemand da oben vergessen hatte. Ich wischte den Staub an meiner Hose ab, und zum Vorschein kamen einmal grüne Bohnen, und beim anderen Glas tippte ich auf Birnen. Was für ein Glück! Damit würde ich auf jeden Fall durchkommen bis morgen! Rasch packte ich beide Gläser in meine Tasche und machte mich auf den Rückweg.

Bei der Treppe fiel mein Blick auf eine Wolldecke auf dem Boden, in die etwas eingeschlagen war. Vorsichtig wickelte ich die Decke auf, bis fünf Gewehre, mehrere Messer und eine Schachtel Munition vor mir lagen. Mein Magen krampfte sich zusammen. Mehr als unwahrscheinlich, dass jemand die Waffen einfach hier vergessen hatte. Und die Decke war auch längst nicht so alt und eingestaubt wie mein Bohnen-Birnen-Fund. Aber das bedeutete doch, dass erst kürzlich jemand hier gewesen sein musste. Schnell schlug ich die Waffen wieder ein und eilte die Treppe hoch. In diesem Augenblick knarrten Schritte auf dem Flur. Sofort blies ich die Kerze aus und blieb stehen.

»Verdammt, der Kläffer ist noch im Auto«, murmelte eine Stimme, die ich nur allzu gut kannte. Mir rutschten fast die Beine weg. Kosviks schwere Stiefelschritte wanderten zur Haustür. Mit einem lauten Schlag fiel die Tür ins Schloss. Ich hechtete die restlichen Stufen nach oben und horchte. Dann öffnete ich die Haustür und rannte los, ohne mich umzusehen.

»He! Du da! Halt!«

Ich rannte noch schneller. Die Gläser in meiner Tasche stießen klirrend gegeneinander und bei jedem Schritt schlug mir die Tasche in die Seite.

»Dich kenn ich doch! Na warte, dieses Mal läufst du mir nicht weg«, brüllte Kosvik mir wie von Sinnen hinterher. Ich preschte den Hügel hinter dem Haus hoch und in den Wald. Alles hätte passieren dürfen, aber nicht, dass ich ihm noch einmal begegnete. Mit jedem Meter wurde ich langsamer. Meine Lunge brannte und ich musste immer wieder kurz stehen bleiben und krümmte mich vor Seitenstechen. Mehrmals hörte ich Hugos Kläffen hinter mir, aber in einiger Entfernung.

Irgendwann konnte ich nicht mehr. Ich lehnte mich gegen einen Baumstamm, die Hände auf die Oberschenkel gestützt, und schnappte nach Luft. Lange durfte ich nicht pausieren. Bestimmt hatte Hugo bereits Witterung aufgenommen und folgte meinen Spuren. Und ein zweites Mal würde mich Kosvik nicht entkommen lassen.

Die Sonne verschwand hinter dem Horizont und auf einen Schlag wurde es kühl. Ich zog meine Schuhe aus und setzte mich auf den Boden. An der Ferse hatte sich eine dicke Blase gebildet, die bei jedem Schritt wie Feuer brannte.

Auf einmal nahm ich aus dem Augenwinkel eine schnelle Bewegung zwischen den Bäumen wahr. Bevor ich begriff, was geschah, stand der Wolf schon vor mir. Alles ging so schnell, dass ich nicht einmal Zeit hatte, Angst zu bekommen. Ich war einfach nur geschockt. Der Wolf blieb, wo er war, machte nur seinen Hals lang und streckte den Kopf vor. Er schnüffelte an meinen Füßen! Ich hielt die Luft an, als die glänzende schwarze Nasenspitze meinen großen Zeh kitzelte. Was hatte er vor? Mit einem Mal schoss seine Schnauze vor und er zwickte mich ins Knie. Ich schrie auf, zog das Bein zurück und rutschte auf dem Hintern rückwärts. Im gleichen Augenblick machte auch der Wolf einen Satz zurück. Ich presste die Zähne zusammen, um nicht durchzudrehen. Ich konnte nicht weglaufen, ich war ihm ausgeliefert! Wieder kam er näher heran und machte Anstalten, an meinen Füßen zu schnuppern. Oder dieses Mal richtig zuzubeißen. Seine Nase zuckte, als hätte er so etwas Spannendes wie mich noch nie gerochen.

»Hau ab!« Mein eigener Schrei gellte mir in den Ohren. Der Wolf schreckte auf und stob davon. Doch schon nach wenigen Metern stoppte er und machte kehrt. Blitzschnell stemmte ich die Füße gegen den nächsten Baumstamm, griff nach einem Ast über mir und zog mich den Baum hoch. Schon war der Wolf unter mir. Seine Krallen rutschten am Stamm ab und er schnappte nach meinen Füßen. Gerade noch rechtzeitig zog ich sie nach und kletterte weiter nach oben bis zur ersten breiteren Astgabel.

Der Wolf trabte im Kreis um den Baum und schaute zu mir hoch. Dazwischen beschnupperte er ausgiebig die Umhängetasche und meine Turnschuhe. Ich schlotterte am ganzen Körper. Dieser Wolf war hungrig, mindestens so wie ich. Vielleicht hatte er bisher noch keinen Menschen gefressen. Aber ich war überzeugt, dass er bei mir den Anfang machen wollte. Weshalb war er sonst noch immer da?

Allmählich setzte die Dämmerung ein. Aber der Wolf machte weiterhin keine Anstalten, sich zu verziehen. Im Gegenteil, er legte sich am Fuße des Baumes nieder und döste. Ich untersuchte mein Knie. Die Stelle, in die der Wolf mich gezwickt hatte, war gerötet, blutete aber kaum. Ein Wunder bei den Eckzähnen. Mich fröstelte, und ich war so schlapp und hungrig wie noch nie in meinem Leben. Sollten Kosvik und Hugo mich doch aufspüren. Mittlerweile war mir sogar das lieber, als diesem wilden Tier noch länger ausgeliefert zu sein.

Stundenlang dämmerte ich vor mich hin. Kosvik geisterte auf der Suche nach mir durch die Wälder, Hundertschaften von Polizisten rüttelten an meinem Baum und ein ganzes Wolfsrudel jagte geifernd hinter mir her. Ich erwachte von meinem eigenen Schrei. Mein Herz hämmerte. Wo war der Wolf? Unter dem Baum jedenfalls nicht mehr. Oder versteckte er sich nur? Ich lauschte. Leise schnelle Schritte. Und sie wurden rasch lauter. Kosvik? Ein Schatten näherte sich und blieb genau unter meinem Baum stehen. Der Schatten hatte ein Tierfell umgehängt. Und dann dieser Geruch! Das musste der Gruseltyp aus Teresas Hütte sein! Er hielt etwas in der Hand. Erst dachte ich an einen Stock. Aber dann erkannte ich, dass es ein Gewehr war.

»Wer ist da?« Seine Stimme klang rau, fast heiser.

Ich hielt die Luft an. Er konnte mich doch gar nicht entdeckt haben.

»Runter vom Baum!«

Mist. Sein Gewehrlauf zeigte genau auf mich. Der Typ hatte Augen wie eine Katze! Ich hangelte mich den Stamm hinunter. Vor lauter Kälte waren meine Hände klamm. Mit einem Mal rutschte ich ab und stürzte auf den Boden. Ich landete auf einer dicken Wurzel und dabei knickte mein rechter Fuß um.

Ich krallte die Finger in den Boden, um nicht zu schreien vor Schmerz.

»Steh auf!« Der Typ stieß mir mit seinem Gewehr zwischen die Schulterblätter.

»Lass … mich in … Ruhe!« Die Hände um meinen Fuß geschlungen wälzte ich mich auf dem Boden. Schlimmer tat eine Kugel aus seinem Gewehr bestimmt auch nicht weh.

»Steh auf!«

»Nimm du erst mal das Ding weg!« Aus Versehen bewegte ich den Fuß. Ein neuer Höllenschmerz durchfuhr meinen Knöchel.

»Was ist mit dir?« Er beobachtete irritiert, wie ich mich wieder zusammenkrümmte. Immerhin zielte er nicht mehr auf mich, sondern lehnte die Waffe gegen den Stamm. Dafür griff er nach meiner Tasche und durchwühlte sie.

»Finger weg! Die gehört mir!«, keuchte ich.

Er krallte sich die Einmachgläser und warf mir die Tasche vor die Nase. Mit einem Griff öffnete er die Gläser und schaufelte sich im Sekundentakt abwechselnd Birnenstücke und grüne Bohnen in den Mund.

»Das sind meine! Gib sie her!« Ich kroch auf ihn zu, zerrte an seinen Beinen und zwickte und kratzte ihn, so fest ich konnte.

Er trat mit dem Fuß nach mir. »Verschwinde! Ab nach Hause!«

Meine Hände rutschten von seinen Hosenbeinen ab. Wieder dieser schneidende Schmerz im Knöchel.

In aller Ruhe trank der Zombiejunge den Birnensaft aus und wischte sich über den Mund. Anschließend vergrub er – wohl um keine Spuren zu hinterlassen – beide Gläser im Boden, nahm sein Gewehr und ging los.

»Hey, ich kenne dich! Du warst in der Hütte … und du klaust das Essen aus dem Schullandheim …!« Ich kochte vor Wut, aber gleichzeitig konnte ich kaum sprechen, weil der Knöchel so wehtat.

Mit ein paar schnellen Sätzen war er zurück und musterte mich feindselig. »Ach, du bist das«, sagte er.

Vielleicht hätte ich doch besser den Mund gehalten. Wenn er jetzt ausrastete, hatte ich noch ganz andere Sorgen als einen verstauchten Fuß. Jetzt hob er den Kopf und wie ein Tier hielt er die Nase in den Wind und schnupperte.

»Was ist los?« Ich spitzte die Ohren und sog ebenfalls die Luft ein. Aber weder hörte noch roch ich etwas Ungewöhnliches. Kam der Wolf zurück? Oder war Kosvik in der Nähe?

Der Zombiejunge zog sich das Fell über die Schultern, das ihm auf den Boden gerutscht war. Dieses Fell … Kein Wunder, dass ich ihn zuerst für eine Art Werwolf gehalten hatte: Es musste ein Wolfsfell sein.

»Verschwinde von hier!«, blaffte er und stapfte im Turbogang los, ohne sich noch einmal nach mir umzudrehen.

»Warte!« Ich rappelte mich hoch und versuchte aufzutreten. Da war der Schmerz wieder, unerträglich. Mit einem Schlag war mir klar: Dieser Typ, egal wie durchgeknallt er war und was er hier trieb, musste mir helfen. Sonst konnte ich mich gleich hinlegen und warten, bis der Wolf zurückkehrte und mich tötete.

Aber bis ich zu Ende überlegt hatte, war der Junge bereits wieder verschwunden. Diese Phantomnummer hatte er echt gut drauf, für meinen Geschmack ein bisschen zu gut. Ich hüpfte auf einem Bein in seine Richtung. »Hey! Wenn du mich ins nächste Dorf bringst, verrat ich keinem, dass du in Teresas Hütte eingebrochen bist!«

Nicht besonders pfiffig: Wenn er mich erschoss, konnte ich ohnehin keinem Menschen mehr etwas sagen. Aber ich musste es versuchen. Wo steckte er bloß? Weit konnte er doch noch gar nicht sein!

Plötzlich trat er hinter dem nächsten Baum hervor, nicht einmal einen Meter entfernt.

»Sag mal, spinnst du, mich so zu erschrecken?«

»Augen verbinden, Handy her«, kommandierte er und zog ein bräunlich verkrustetes Tuch aus seiner dreckigen Hose. Ich wich zurück.

»Mit dem Schmuddelding verbindest du mir gar nichts! Und mein Handy kriegst du sowieso nicht!« Ich wich noch weiter zurück. »Was soll das überhaupt? Wird das jetzt eine Entführung?«

»Ich vertraue dir nicht«, sagte er.

»Aber du bist supervertrauenswürdig, ja? Schleichst hier nachts mit einem Gewehr durch die Pampa, raubst Leute aus – und du quatschst von Vertrauen? Woher weiß ich, dass du mich nicht abknallst?«

»Weißt du nicht«, nickte er und streckte mir das Tuch entgegen. »Also, was ist jetzt?«

»Okay, gib schon her.« Besser, ich spielte erst einmal mit. Quid pro quo, hätte Ferdi-Nerdi gesagt. Jeder akzeptierte die Bedingungen des anderen oder so ähnlich, wenigstens zum Schein.

Ich verband mir die Augen, aber locker, damit ich zumindest den Boden vor meinen Füßen sehen konnte. »Wieso soll ich nicht mitkriegen, wo du mich hinbringst?«

»Das Handy!«

»Erst wenn wir da sind. Wie heißt du überhaupt?«

»Lupo«, brummte er unfreundlich. »Los, stütz dich ab!«

Widerwillig krallte ich mich an seiner Schulter fest. Mit der anderen Hand hätte ich mir am liebsten die Nase zugehalten.

Schon nach wenigen Minuten war ich schweißgebadet. Halb hüpfte ich, halb musste ich rennen – und das mit dem Knöchel und barfuß. Zu allem Übel hatte ich nämlich meine Schuhe unter dem Baum vergessen. Wenn Kosvik mir tatsächlich auf den Fersen war und die Schuhe fand, war das eine Katastrophe. Und eine superfrische Spur für Hugo.

Als ob Lupo meine Gedanken gelesen hätte, legte er noch einen Zahn zu. Mir kam es vor, als würden wir zickzack durch den Wald rennen. Wie Kaninchen, die Haken schlugen, um ihre Verfolger abzuhängen. Dann und wann schnaufte Lupo »Ast«, im Wechsel mit »Wurzel« und »Duck dich!«.

Wieso hatte ich mich auf diesen Wahnsinn eingelassen? Was hatte es mit diesem Lupo auf sich? Rannten noch mehr von seiner Sorte im Wald herum? Vielleicht veranstalteten sie ein Überlebenstraining in der Wildnis? So was gab es doch. Oder war er eine Art Wolfsjunge, den die Eltern im Wald ausgesetzt hatten, als Kind? Aber dann hätte er kaum ein Gewehr bei sich gehabt. Und sprechen konnte er auch ganz passabel – wenn er wollte.

Mein Mund war ausgedörrt, mir war schlecht vor Hunger und der Fuß tat bei jedem Schritt mehr weh. »Wie weit ist es noch?«, stöhnte ich irgendwann. Mittlerweile musste es Morgen sein. Die ersten Vögel zwitscherten schon.

»Wir sind gleich da.«

Endlich! Der Horrortrip war vorbei! Schon in wenigen Minuten würde ich mir Pommes kaufen, eine doppelte Portion, bei der erstbesten Imbissbude. Und eiskalte Cola, und Schokoriegel!

Ohne Vorwarnung stoppte Lupo und zog mir ziemlich ruppig das Tuch vom Kopf. Ich rieb mir die Augen, die von der ungewohnten Helligkeit brannten, und blinzelte. Wir standen am Rande einer kleinen Lichtung, von dichten Büschen und Bäumen umgeben, die an einen See grenzte. Kein Haus, keine Straße – nichts! Die Sonne ging gerade hinter dem Schilfgürtel auf der anderen Uferseite auf. Aber auch dort entdeckte ich kein Dorf, noch nicht einmal einen popeligen Bauernhof.

»Und wo ist er jetzt, der Ort?«

»Ungefähr acht Kilometer von hier.«

Ich versuchte zu kapieren, was er da gerade gesagt hatte. »Wir latschen doch schon seit Stunden durch das verdammte Sperrgebiet«, schrie ich ihn an.

»Mann, weißt du, wie schwer du bist? Bin doch kein Krankenpfleger … Scheinst es ja verdammt eilig zu haben. Machst einen auf Ausreißer, was?«

»Geht dich gar nichts an! Du solltest mich in den nächsten Ort bringen, und fertig.«

»Sag schon, die Bullen sind hinter dir her!« Sein Blick bekam etwas Gehetztes.

»Ja, genau«, sagte ich, denn mittlerweile suchte bestimmt die Polizei nach mir und ich hoffte nichts mehr, als dass sie mich bald fanden. Längst bereute ich, dass ich mich gestern dem Pärchen auf der Picknickdecke nicht gezeigt hatte.

»Mann, ich fass es nicht, so eine Oberkacke«, stöhnte Lupo und schlug sich gegen die Stirn. Besser, ich erzählte ihm nicht, dass es da noch ein zweites Problem namens Kosvik gab. Ich humpelte zum Ufer. »Kann man das Wasser trinken?«

»Schließlich leb ich noch, oder?«, knurrte Lupo.

Ich beugte mich vor und trank und trank und wollte nie wieder aufhören.

»Das Handy jetzt!« Lupo tippte mir auf die Schulter und streckte mir seine dreckverschmierte Hand entgegen.

»Kannste vergessen!«

Im nächsten Augenblick grabschte er in meine Hosentasche, zerrte das Smartphone heraus und warf es in hohem Bogen in den See. Ich stieß ihn so fest gegen die Brust, dass er taumelte. »Spinnst du? Weißt du, wie lang ich dafür geackert hab?«

Anstelle einer Antwort legte er den Zeigefinger auf die Lippen und ging in die Hocke. Mit der Hand bedeutete er mir, es ihm nachzutun. »Keine Angst jetzt«, flüsterte er.

Was sollte das denn heißen? Ich war stinksauer und völlig am Ende, aber ich hatte doch keine Angst!

In der nächsten Sekunde wusste ich, was er meinte: Am anderen Ende der Lichtung, hinter einer Gruppe von hohlen Baumstämmen, rangelten zwei Wölfe in der Morgensonne. Der eine hielt mit den Zähnen die Schnauze des anderen umschlossen, bis der aufjaulte, sich blitzschnell drehte und auf den Rücken warf. Sie ließen voneinander ab und sahen zu uns herüber. Und dann rannte der Größere der beiden geradewegs auf uns zu! Ich versuchte erst gar nicht wegzulaufen. Stattdessen rollte ich mich so eng wie möglich zusammen und schrie. Erst kurz vor mir wechselte der Wolf die Richtung und sprang in vollem Tempo auf Lupo. Der fiel von der Wucht des Sprungs um und riss die Arme über den Kopf. Aber der Wolf war schon über ihm, leckte ihm stürmisch über den Mund und winselte wie ein Hund, der sein Herrchen nach langer Zeit wiedertraf. Offenbar kannten sich die beiden. Und ich kannte den Wolf auch: Es war der graue Wolf, der mich verfolgt und ins Knie gebissen hatte.

Der zweite Wolf stemmte sich mit den Vorderpfoten gegen einen umgefallenen Baumstamm. Eines seiner Ohren hing nach unten, und er kam mir schlanker und kleiner vor als der Graue. Er rannte hin und her, als ob er nicht wüsste, was er tun sollte. Immer wieder stockte er und beobachtete abwechselnd mich und das Begrüßungsschauspiel zwischen Lupo und dem grauen Wolf. Als ob er Mut gefasst hätte, kam er näher. In einem Bogen, der immer enger wurde, trabte er um mich herum.

»Weg! Lass mich!« Ich griff nach dem nächsten Stock und schleuderte ihn in seine Richtung. Der Wolf wich zurück. Aber jetzt drehte sich der Graue wieder zu mir um. Lupo sprang auf und sah mich entsetzt an. Er schüttelte wie wild den Kopf. O nein, da hatte ich wohl genau das Falsche getan! Schnell duckte ich mich und kroch rückwärts, den Blick fest auf den Boden geheftet. Ich drehte fast durch. Jeden Augenblick würden sich diese Wölfe auf mich stürzen und mich töten!

»Okay«, rief Lupo zu mir rüber.

Vorsichtig hob ich den Kopf. Beide Wölfe hatten sich zu den hohlen Baumstämmen in der Mitte der Lichtung zurückgezogen und beschnupperten einander. Lupo saß nur ein paar Meter entfernt von ihnen und leckte sich einen langen blutigen Kratzer am Arm ab. »Bleib, wo du bist, und rühr dich nicht!«

Das brauchte er mir nicht zu sagen! Ich war ohnehin noch in der Schockstarre. Er kauerte sich neben die Wölfe, als ob er genau dorthin gehörte und nirgendwohin sonst. Der große Graue setzte sich auf, legte den Kopf in den Nacken und heulte. Sofort fiel der kleinere Wolf mit dem Schlappohr ein und Lupo tat es ihnen nach. Und obwohl ich den Schrecken noch längst nicht überwunden hatte, lief ein Schauer durch meinen Körper. Das Heulen, das über den See hallte, klang wie am ersten Abend im Schullandheim, als ich am Fenster unseres Zimmers gestanden und um Mister X getrauert hatte. Von Neuem berührte es mich so stark, dass ich mit den Tränen kämpfte. Seit ich Mister X das letzte Mal gesehen hatte, war so viel geschehen, dass ich keine Gelegenheit gehabt hatte, seinetwegen betrübt zu sein.

Nach einer Weile verstummten die Wölfe und jagten in den Wald. Aber ich blieb noch eine ganze Weile, wo ich war, und nach und nach fiel die ganze Anspannung von mir ab.

Ich lebte noch, die Wölfe hatten mir nichts getan. Am liebsten hätte ich vor Erleichterung die ganze Welt umarmt. Aber da war nur dieser dreckige, stinkende Lupo.

Ich humpelte zum Ufer, um den Fuß zu kühlen. Vielleicht konnte ich ihn auch verbinden. Aber womit? In meiner Tasche fand ich nur noch den Plastikbeutel, in den ich das Pizzastück eingepackt hatte, und mein letztes Papiertaschentuch. Als ich es ins Wasser tauchte und um den Knöchel legen wollte, riss es auseinander.

»Hier, nimm das!« Lupo warf mir sein Ekeltuch zu. Ich nahm es widerwillig, machte es nass und umwickelte meinen Knöchel. Mittlerweile sah er aus wie ein aufgegangener Hefeteig. Es würde Stunden dauern, wenn nicht Tage, bis er abgeschwollen war. Aber so viel Zeit hatte ich nicht!

Vor lauter Hunger schöpfte ich immer noch mehr Wasser aus dem See und trank. Damit ich wenigstens etwas im Magen hatte, auch wenn es nur Flüssigkeit war. Ständig musste ich an Karlas Brathähnchen denken, an Elmars Blaubeerpfannkuchen und sogar an den Kartoffelauflauf, den es jeden Donnerstag im Heim gegeben hatte. Ich stellte mir den Geruch vor und wie köstlich der erste dampfende Bissen schmeckte. Mein Magen knurrte peinlich laut.

»Du kannst davon essen.«

Lupo tippte mir auf die Schulter und hielt mir ein angeknabbertes halbes Brot und ein Stück Salami hin. Das waren bestimmt Teresas Vorräte, die er in der Hütte geklaut hatte. Oder die Wurst aus dem Schullandheim. Machte ich mich zu seiner Komplizin, wenn ich von den Sachen aß?

»Danke«, sagte ich hastig und biss ab, so schnell und so viel ich konnte.

»Das reicht jetzt!« Lupo riss mir Brot und Salami aus der Hand und rannte damit in den Wald. Na super, jetzt vergrub er die Sachen bestimmt in seinem Geheimversteck, oder er band sie an einen der tausend Bäume. Auf jeden Fall so, dass ich sie niemals finden konnte. Wenn das so weiterging, musste ich bald doch nach Früchten oder Pilzen suchen. Aber außer ein paar winzigen unreifen Walderdbeeren hatte ich bisher nichts Essbares entdeckt.

»Und wenn ich das nächste Mal Hunger habe, muss ich dich wohl anbetteln?«, fuhr ich ihn an, als er zurückkehrte.

»Das nächste Mal besorgst du dir selbst was!« Er rannte an mir vorbei ins Wasser, weiter und weiter in den See hinein, mit seiner zerrissenen Hose und dem Fetzenshirt. Dann tauchte er mit dem Kopf unter und rubbelte wie wild seine Haare und sein Gesicht.

Der Lauf seines Gewehrs blitzte mir aus dem Gras entgegen, keine zehn Meter entfernt. Ich stemmte mich hoch und hinkte darauf zu. Das war die Gelegenheit: In den See werfen würde ich es, wie er es mit meinem Smartphone gemacht hatte!

»He! Was tust du da?« Lupo kraulte prustend ans Ufer, stürmte an mir vorbei und riss das Gewehr an sich.

Ich hüpfte an meinen Platz zurück. Am liebsten hätte ich mir den blöden Knöchel abgeschraubt und einen neuen anmontiert.

Aus den Augenwinkeln sah ich, wie Lupo sich ein paar Meter von mir weg in den Sand setzte und mich misstrauisch beobachtete.

»Lass das mal schön bleiben«, rief er.

»Ist eben kein besonders tolles Gefühl, wenn einer ständig mit 'nem Gewehr rumrennt!«

»Wenn du keinen Mist baust, tu ich dir nichts.«

»Und was ist mit den Wölfen? Wer sagt mir, dass die mir beim nächsten Mal nicht die Kehle durchbeißen?«

»Wölfe fressen keine Menschen, klar? Also wollen sie dich auch nicht töten. Außer …« Lupo wiegte bedeutungsvoll den Kopf hin und her.

»Außer was?«

»Na ja, wenn du sie provozierst und dich nicht an ihre Regeln hältst …«

»Zählst du mir mal einige dieser Regeln auf? Ich meine, bevor die Wölfe wieder aufkreuzen!« In meinen Zorn über seine Wichtigtuerei mischte sich immer stärkeres Unbehagen. »Wo sind sie überhaupt?«

Lupo legte sich auf den Rücken und starrte in den Himmel. »Jagen.«

»Und wann kommen sie zurück?«

»Bald. Sie sind meist nur nachts unterwegs …«

Ich schluckte. Insgeheim hatte ich gehofft, er würde »übermorgen« sagen oder so. »Und haben sie dir noch nie was getan? Ich meine, die Narben auf deinen Armen …«

»Am Anfang waren sie heftig drauf. Da lebte Keno noch, der alte Wolf. Sie haben mich geduldet, mehr nicht. Und wenn ich nicht genug Abstand zu ihnen einhielt, sind sie auf mich los und haben mich vertrieben. Aber im Winter hatte ich Kenos Fell, und damit ging's besser.«

»Du meinst, weil du mit dem Fell wie ein Wolf riechst und nicht mehr so nach Mensch?«

»Schon möglich. Aber wohl eher, weil Selma mit der Zeit gemerkt hat, dass ich ein prima Babysitter bin. Sie konnte in Ruhe Futter besorgen, während ich hier bei Bo und Siri geblieben bin. Damals waren sie noch zu jung, um mit ihrer Mutter zu jagen.«

Ziemlich einleuchtend, was er da sagte. Doch was nützte mir das alles? Bei Lupo waren schließlich Monate vergangen, bis die Wölfe ihn akzeptiert hatten. Und ein zweites Wolfsfell für mich war auch nicht zur Stelle. »Wie viel Abstand muss ich halten, damit sie mich in Ruhe lassen?«

Lupo zuckte die Achseln. »Das musst du selbst herausfinden.«

Noch deutlicher hätte er mir kaum zeigen können, wie egal es ihm war, was die Wölfe mit mir anstellten.

»Und wenn ich mich von ihnen fernhalte, aber die Wölfe sich nicht von mir? Dieser große graue – der ist nämlich mir die ganze Zeit gefolgt, nicht ich ihm!«

Lupo lachte leise und mir fielen zum ersten Mal die tiefen Grübchen in seinen Wangen auf – was wohl daran lag, dass er sich den Dreck aus dem Gesicht gewaschen hatte. »Ja, das war Bo. Er ist noch jung und neugierig. Und er hat dich ausgespäht. Für die anderen.«

»Ausgespäht ist gut: Er hat mich verfolgt und gebissen! Und wenn ich mich nicht auf diesen Baum gerettet hätte …«

»Quatsch. Er wollte dich bloß kennenlernen! Ob du gefährlich bist für ihn und die anderen.«

Na toll. Ich hoffte inständig, dass dieser Bo mich nun gut genug kannte und mich bei der nächsten Begegnung in Ruhe lassen würde. »Und wie lange lebst du schon bei ihnen?«

Mit einem Ruck setzte Lupo sich auf und sah zum anderen Ende der Lichtung, zu einem kleinen, von Büschen bewachsenen Hügel. Sein ganzer Körper war mit einem Mal angespannt.

»Selma! Ihre Mutter.«

Auf der Kuppe war ein fremder Wolf aufgetaucht. Er kam mir wesentlich größer vor als die beiden anderen. Seine mächtige schwarze Silhouette zeichnete sich gegen den grauen Morgenhimmel ab. Und er knurrte. In diesem Augenblick stürmten zwei andere Wölfe an mir vorbei auf die Lichtung. Ich erkannte Bo, den grauen, mit einer Keule zwischen den Zähnen. Knapp hinter ihm lief der kleinere Wolf mit dem Schlappohr. Auch er trug etwas im Maul. Sie legten ihre Beute in der Mitte der Lichtung ab und preschten auf Lupo zu, der mit ihnen rangelte. Doch von einer Sekunde auf die andere änderte sich die ausgelassene Stimmung. Selma jagte mit großen Sprüngen den Grashügel nach unten.

»Hocke! Keine Bewegung!«, raunte Lupo mir zu.

Blitzschnell kauerte ich mich zusammen. Mein Herz explodierte fast. Die anderen Wölfe ließen von Lupo ab, klemmten den Schwanz ein und duckten sich, wohl um ihrer Mutter zu zeigen, dass sie wussten, wer das Sagen hatte. Jetzt knurrte Bo auf einmal Lupo an, und Lupo knurrte zurück, zog die Lippen hoch und zeigte drohend seine Zähne. Selma aber sprang mit einem großen

Satz zu den Beutestücken und zerrte sie weg zum Fuß des Hügels. Dort fraß sie gierig. Unter ihrem stumpfen schwarzen Fell zeichneten sich ihre Rippen ab. Sie war völlig abgemagert.

Bo pirschte sich von der anderen Seite an und versuchte, auch einen Happen zu ergattern. Doch Selma ging sofort auf ihn los. Sie biss ihn in die Schnauze und Bo verzog sich winselnd.

Ich bewegte mich die ganze Zeit über nicht von der Stelle. Hoffentlich verschwand diese Selma wieder auf ihren Hügel, wenn sie genug gefressen hatte. War es besser, wenn ich mich in Richtung Ufer verzog? Lupo ruderte wie wild mit den Armen in meine Richtung. Hieß das, ich sollte in den See springen und davonschwimmen?

In Zeitlupe kroch ich rückwärts, um Selma nicht auf mich aufmerksam zu machen. Vor lauter Panik spürte ich nicht einmal meinen Knöchel. Bis ich mit dem Fuß gegen einen Baumstumpf stieß und aufstöhnte. Selmas Kopf schoss herum. Die Wölfin legte die Ohren flach an den Kopf und zeigte ihre gewaltigen Eckzähne. Dazu knurrte sie ohne Pause. Ich hielt die Luft an und rührte mich nicht mehr. Totstellen … Totstellen … Aber Selma rannte geradewegs auf mich zu, den Blick fest auf mich gerichtet. In diesem Augenblick schnappte Lupo sich blitzschnell die Beute. Er schleuderte die Knochen hin und her und machte einen Heidenlärm. Selma stoppte kurz vor mir. Sie wandte den Kopf, sah das Fleisch in Lupos Hand und jagte auf ihn los.

So schnell ich konnte, hüpfte ich auf meinem gesunden Bein zum Schilfgürtel. Wie ein kleiner Wasservogel versteckte ich mich dort zwischen den dichten Halmen und zitterte vor mich hin.

Das Wasser, in dem ich bis zu den Oberschenkeln stand, war eiskalt. Mehrere Male hörte ich Selmas grässliches Knurren. Dazwischen wütende Schreie von Lupo und ein ersticktes, angestrengtes Keuchen, von dem ich nicht wusste, ob es von Lupo stammte oder von Selma. Ich fühlte mich erbärmlich. Lupo hatte Selma von mir abgelenkt, er hatte mir das Leben gerettet! Vielleicht tötete Selma ihn gerade, während ich mich hier feige verkroch!

Verzweifelt und voller Angst hinkte ich ans Ufer zurück. Alle drei Wölfe waren verschwunden. Aber Lupo lag zusammengekrümmt mitten auf der Lichtung. Als er mich erblickte, sprang er auf und rannte mir entgegen. Sein Gesicht war übersät mit blutigen Kratzern und Schürfwunden. Er sah selbst aus wie ein Wolf, die Zähne gefletscht und die Zunge vorgeschoben, sodass die Spitze zu sehen war.

»Danke«, murmelte ich kleinlaut.

Mit einem wilden Schrei stürzte er sich auf mich. Ich torkelte zurück und fiel auf den Rücken. Für einen Moment japste ich nach Luft. Da lag er schon auf mir. Seine Fingernägel, eingerissene, abgebrochene Krallen, schnitten mir in die Haut. Er drückte mich auf den Boden und mit einer Hand packte er mich am Hals.

»Lass mich los«, keuchte ich und versuchte, ihn abzuwerfen. Aber er war viel zu stark.

»Du machst nur Probleme! Verschwinde endlich!«

Ich zwickte ihn mit meiner freien Hand, so fest ich konnte, in den Arm. Endlich nahm er die Hand von meinem Hals und richtete sich auf. Er atmete stoßweise. Dann ließ er von mir ab, warf mir noch einen hasserfüllten Blick zu und stürmte in den Wald.

Noch eine ganze Weile lag ich da und rang nach Luft. Dieser Kerl hätte mich fast erwürgt! Auch wenn er mich vor Selma gerettet hatte – er tickte doch nicht richtig. Wer konnte wissen, was er beim nächsten Mal mit mir vorhatte – schließlich besaß er noch immer das Gewehr. Ohne meinen verstauchten Knöchel hätte mich nichts dazu gebracht, noch länger zu bleiben. So aber hockte ich auf dieser Lichtung fest und war leichte Beute für die Wölfe, für Lupo und Kosvik.

Plötzlich knallte ein Schuss. Ein zweiter folgte, noch lauter und ganz in der Nähe. Das Echo flog zwischen den Bäumen hin und her, verhallte. Ich kauerte mich auf den Boden, hinter die hohlen Baumstämme. Hatten die Schüsse mir gegolten? Wer hatte geschossen: Kosvik? Die Polizei? Lupo?

Nach einiger Zeit kroch ich hinter einen dichten Strauch und wartete erst einmal ab. Alles war wieder ruhig. Gespenstisch ruhig. Bis auf das Fiepen. Oder fiepte es nur in meinen Ohren, von den Schüssen? Ich schüttelte den Kopf, zog an meinen Ohrläppchen, aber das Fiepen war noch immer da. Es kam von oben, vom Hügel. Ob Selma, die schwarze Mutterwölfin, dort ihre Welpen versteckte? Hatte sie deshalb dort Wache gehalten?

Hinter dem Strauch konnte ich jedenfalls nicht bleiben. Hier würde man mich sofort entdecken. Und auf einen Baum klettern schied mit dem Knöchel genauso aus. Eigentlich blieb nur Selmas Hügel. Sie war wie ein Phantom dort oben aufgetaucht und wieder verschwunden. Vielleicht konnte ich es genauso machen.

Ich überlegte eine ganze Weile hin und her und hatte eine Heidenangst, mein Versteck zu verlassen. Aber schließlich wagte ich mich doch die steile Anhöhe hoch. Und wenn Selma gar nicht mit den anderen Wölfen unterwegs war, sondern dort oben lauerte? Das Fiepen wurde immer lauter, aufgeregter, wie von jungen Hunden. Ich erreichte einen Vorsprung, der von undurchdringlichem Gestrüpp bewachsen war. Plötzlich war alles still. Wo steckten die kleinen Wölfe? Merkten sie, dass sich ihnen jemand anderes als ihre Mutter näherte?

Ich bog die Zweige auseinander. An der dichtesten Stelle, von außen nicht zu sehen, war ein großes Loch ins Innere des Hügels gegraben. Brachten Wolfsmütter ihre Jungen in Höhlen zur Welt? Und wenn Selma bei ihnen war und sie vielleicht gerade säugte? Schon bei der Vorstellung schwitzte ich. Andererseits bot genau diese Höhle vielleicht das perfekte Versteck – nicht nur für Welpen, sondern auch für mich!

Zögernd tastete ich mich den engen dunklen Gang voran. Die nassen Jeans behinderten mich, sie scheuerten bei jeder Bewegung an meinen Beinen, und mehrmals stieß ich mir den Kopf an der niedrigen Decke. Nach einigen Metern griff ich in etwas Feuchtes. Eine Taschenlampe wäre jetzt mehr als praktisch gewesen, es war stockfinster hier drinnen. Ich roch an meinen Fingern. Was war das nur? Ich wischte die Finger an meiner Hose ab und krabbelte noch ein Stück weiter. Allmählich wurde der Gang breiter und höher. Warm war es hier, und es roch muffig. Ein leises Schnaufen in der Ecke verriet, dass ich nicht allein war. Dann fiepte ein Junges ganz leise. Ich robbte näher, tastete, spürte das Fell. Ganz sanft streichelte ich den Welpen. Sein Fell war nass und gar nicht so flauschig, wie ich es mir vorgestellt hatte. Wovon war der Welpe so verklebt? Leckten Wolfsmütter ihre Jungen nicht sauber?

»Hey! Bist du da drinnen?«

Lupo. Also hatte doch er geschossen vorhin. Ich konnte es kaum glauben. Dass er ausrastete und auf mich losging, war die eine Sache. Wenn ich aufgebracht genug war, passierte mir das auch. Aber mit dem Gewehr auf jemanden zielen und abdrücken?

»Ich weiß, dass du da drin bist! Komm raus!«

»Nur, wenn du nicht schießt!«, rief ich und ärgerte mich, weil meine Stimme zitterte. Als Antwort hörte ich ein erbostes Schnaufen und schnappte ein paar Wortfetzen auf, die nach »größter Schwachsinn« und »blöde Gans« klangen.

»Bist du völlig irre, in Selmas Höhle zu kriechen?«, motzte er, noch bevor ich mich rückwärts zurück ans Tageslicht geschoben hatte. Ich drehte mich zu ihm um und vergewisserte mich, dass das Gewehr über seiner Schulter baumelte, bevor ich nach einer besonders bissigen Antwort suchte.

»Was hast du da?« Lupo starrte auf meine Hände. Sie waren voller Blut. Erschrocken wischte ich sie an meinen Hosenbeinen ab. »Vielleicht vom Höhlenboden, da war es an einer Stelle ziemlich feucht. Und das Fell des Welpen war verklebt.«

Lupo sah mich scharf an. »Dann hat Selma ihnen frische Beute gebracht. Übrigens wird sie riechen, dass du in der Höhle warst. Sie wird dich töten!«

Möglichst gleichmütig zuckte ich die Achseln. »Und wenn schon«, sagte ich eine Spur zu lässig. Jedenfalls viel lässiger, als mir zumute war.

Ein leises Knattern ertönte hinter den Bäumen, über den Bäumen. Und es wurde schnell lauter, sehr schnell sogar.

»Hubschrauber! Die Bullen!«, zischte Lupo und zog mich mit sich den Hügel hinab. Schon war das Knattern ohrenbetäubend. Ich stoppte, versuchte, den Polizisten zu winken, und schrie, so laut ich konnte. Ich wollte nur weg hier, sofort, und es war mir egal, ob ich Lupo und sein Versteck damit verriet! Aber Lupo zerrte mich mit aller Kraft weiter und riss mich unter den erstbesten Baum. Er kauerte halb auf mir und drückte mich mit seinem Gewicht auf den Boden. Ich schrie und tobte, doch Lupo hielt mich fest umklammert. Wie ein Rieseninsekt kreiste der große schwarze Schatten über uns. Selbst durch die Äste blies der Wind, den die Rotorblätter machten, und der Sand auf der Lichtung wirbelte auf und hüllte uns in eine dichte Wolke. So würden uns die Polizisten niemals entdecken! Mein Knöchel drückte und zog jetzt wieder wie kurz nach dem Sturz und ich schaffte es nicht, Lupo wegzustoßen. Ich hoffte, dass der Hubschrauber eine Wärmebildkamera eingebaut hatte, die uns gerade ortete, und dass die Polizisten nur noch einen Platz zum Landen suchten. Aber nach einer Weile wurde das Knattern der Rotorblätter leiser und der Hubschrauber flog in eine andere Richtung weiter. Lupo ließ von mir ab und stiefelte in den Wald, ohne sich noch einmal nach mir umzusehen.

Ich rollte mich auf den Rücken und wusste nicht, ob ich weinen oder schreien sollte. Da war sie gewesen, meine Chance, mich aus dieser gefährlichen, irrsinnigen Geschichte zu retten. Und eine solche Chance würde kein zweites Mal kommen!

Ein Blitz zuckte am Horizont und kurz darauf fielen die ersten dicken Tropfen. Ich legte mich flach auf den Boden und schluchzte vor mich hin. Und zum ersten Mal, seit ich klein gewesen war, fürchtete ich mich vor einem Gewitter. Die graue Wolkenfront, die sich in den letzten Minuten am Horizont aufgebaut hatte, wechselte ihre Farbe in ein bedrohliches Graugrün und raste geradewegs auf die Lichtung zu. Plötzlich war es Nacht. Kein Vogel zwitscherte mehr, keine Stechmücken, keine Bienen surrten durch die Luft – alles Leben um mich herum schien wie ich die Luft anzuhalten. Dann fuhr eine gewaltige Bö durch die Bäume. Die knorrigen Äste über mir ächzten und knarrten, ein dicker Ast löste sich und schlug knapp neben mir auf. Über dem See zuckten grelle Blitze und erleuchteten alles taghell. Einundzwanzig, zweiund… Ich hielt mir die Ohren zu. Ein scharfer Knall, kein Schuss dieses Mal, sondern der Donner. So nah wie möglich presste ich mich an den Boden. Von einer Sekunde auf die andere prasselte der Regen auf das Blätterdach. Kleine eisige Hagelkörner mischten sich darunter und bitzelten auf meiner Haut. Ich zitterte von Kopf bis Fuß. Selbst mein Pulli war durchnässt und bot keine Wärme mehr.

Als das Gewitter endlich weiterzog, beruhigte ich mich etwas und hinkte zurück auf die Lichtung. Wenn ich nur gewusst hätte, wo Lupo die Vorräte versteckte. Mein Magen knurrte schlimmer denn je. Überall lagen Zweige und Äste verstreut auf dem Boden, die die Gewitterbö abgerissen hatte, aber nirgendwo eine Spur von Brot und Salami. Doch aus einem Busch leuchtete mir etwas Weißes entgegen. Ich humpelte näher. In den Zweigen hatte sich eine Plastiktüte verfangen. Vielleicht hob Lupo ja darin das Essen auf! Ungeduldig nestelte ich an dem Knoten herum, bis ich ihn endlich aufbekam. Ich leerte die Tüte auf den Boden. Ein Pfadfindermesser in einem Lederetui fiel heraus, ein schmuddeliges T-Shirt, eine Unterhose. Und ein paar schrumpelige Möhren kullerten hinterher. Das war alles? Zur Sicherheit griff ich in die Tüte. Da war doch noch etwas. Ich zog ein dünnes dunkles Büchlein heraus. REISEPASS stand darauf und zwischen den Seiten rutschte ein Foto hervor. Es zeigte eine Frau, vielleicht um die vierzig. Sie sah müde und ein wenig traurig aus, aber sie lächelte so nett, dass mir ganz warm ums Herz wurde. Irgendwie kam mir dieses Lächeln bekannt vor. Ich drehte das Foto um, aber das Datum, an dem es gemacht worden war, konnte ich nicht entziffern.

Ich schlug den Pass auf. Er gehörte Lupo. Auf dem Bild hatte er viel kürzere braune Haare und ähnelte der Frau vom anderen Foto – auch wenn er nicht lächelte. Bestimmt war sie seine Mutter. Auf der rechten Seite stand »Ronald«. Lupo hieß also in Wirklichkeit Ronald mit Vornamen. Deutsche Staatsbürgerschaft. Geboren in Görlitz. Aha, am 17. Juli hatte er Geburtstag, er wurde also bald sechzehn, ich hatte sein Alter gut geschätzt. Mein Blick fiel auf seinen Nachnamen und ich erstarrte. Das war doch nicht möglich. Ich musste mich verlesen haben. Wieder und wieder kniff ich die Augen zu und öffnete sie. Aber da stand noch immer in großen Lettern: K O S V I K.

Die Buchstaben verschwammen vor meinen Augen. Ronald Kosvik ... Lupo war Kosviks Sohn! Bisher hatte ich Lupo für einen verkorksten Spinner gehalten, der es sich in den Kopf gesetzt hatte, unter Wölfen zu leben. Aber jetzt war alles anders: Was, wenn er mit Kosvik unter einer Decke steckte? Wenn er das Wolfsfell nur trug, um das Vertrauen der Tiere zu gewinnen? Und dann trieb er sie Kosvik vor die Flinte und sagte ihm, wo und wann er die Wölfe bequem abschießen konnte. Mich fröstelte, als ich mir die schrecklichen Szenen vorstellte. Wenn das alles stimmte, waren nicht nur die Wölfe in größter Gefahr, sondern auch ich. Vielleicht traf Lupo sich gerade mit Kosvik und berichtete ihm von mir? Dann saß ich in der Falle.

Ich musste aufbrechen, sofort. Trotz meines Knöchels. In aller Eile steckte ich den Pass zusammen mit Lupos Tüte in meine Umhängetasche. Vielleicht konnte ich die Sachen noch gebrauchen.

Am Rand der Lichtung stolperte ich im hohen Gras über etwas Hartes. Ich hob es auf und hielt Lupos Gewehr in der Hand. Er musste es auf der Flucht vor dem Hubschrauber verloren haben. Ich zögerte keine Sekunde, nahm das Gewehr und kehrte zurück ans Ufer. So weit ich konnte, warf ich es auf den See hinaus. Kurz blubberte es, dann ging es unter. Damit würde keiner mehr einen Wolf erschießen!

Als ich danach unterhalb des Hügels vorbeikam, hörte ich die Welpen wieder. Dieses Mal jaulten sie so laut, dass sie unmöglich noch in der Höhle sein konnten. Waren sie allein nach draußen gekrabbelt? Oder war Selma zurückgekehrt und hatte sie ins Freie gelockt? Ich versuchte, ihr Jammern auszublenden, und hielt mir die Ohren zu. Aber der Gedanke, dass ihnen Gefahr drohte, dass ihnen vielleicht sogar etwas zugestoßen war, machte mich unruhig und ich konnte nicht anders, als stehen zu bleiben.

Hinter mir raschelte etwas und im selben Moment lag ich schon auf dem Boden. Einer der Wölfe war mit seinem vollen Gewicht auf mich gesprungen und drückte mich auf die Erde. Sicher war es Selma. Jetzt ist alles aus!, schoss es mir durch den Kopf. Selma hatte sich von hinten an mich herangepirscht und dieses Mal würde sie mich töten. Ich versuchte, mich umzudrehen, den Kopf aus dem Gras zu bekommen. Aber Selmas Zähne kitzelten meinen Nacken und ich spürte ihren heißen Atem. Laut knurrend zwang sie mich auf den Boden und drängte mich die Anhöhe hinauf zur Höhle. Ich wollte schreien, aber aus meiner Kehle kam nur ein Wimmern. Vor dem Eingang der Höhle ließ sie unvermittelt von mir ab. Ich schaute hinter mich und da stand Siri, nicht Selma. Sie zog die Lefzen nach hinten und fletschte die Zähne. Mit einem kräftigen Stoß ihres Schädels schob sie mich in die Höhle.

»Lass mich in Ruhe!« Ich trat mit den Füßen nach ihr, krabbelte den dunklen Gang entlang, nur weg. Aber Siri folgte mir.

Mit einem Mal hörte ich draußen Stimmen. Leute riefen und

redeten laut miteinander und Pfiffe ertönten. Das mussten Polizisten sein, die mich suchten! Ich wollte um Hilfe rufen, sie auf mich aufmerksam machen. Doch Siri trieb mich immer noch tiefer in die Höhle, bis es nicht mehr weiterging. Etwas Warmes streifte meinen Arm, drängte sich an mich und fiepte. Siri sprang zurück zum Eingang der Höhle. Jetzt versperrte sie den Gang ins Freie, und es wurde so dunkel, dass ich kaum mehr wusste, wo oben und unten war.

Die Stimmen waren inzwischen ganz nah. Sicher durchkämmten die Polizisten bald auch den Hügel. Und wenn sie Spürhunde dabeihatten, würden sie mich in den nächsten Sekunden finden. Endlich würde alles gut werden!

»Hilf…!«

»Runter vom Hügel, ihr Schwachköpfe, sofort!«, bellte Kosvik im gleichen Augenblick. Mir klappte der Mund zu und ich zitterte von einer Sekunde auf die andere, obwohl es heiß wie in einem Backofen hier drinnen war. Offenbar stand Kosvik direkt vor der Höhle. Hatte er meinen Schrei gehört? Siri kroch lautlos rückwärts in meine Richtung. Ihr schien es zu gehen wie mir: Auf keinen Fall wollte sie Kosvik begegnen.

»Normalerweise suchen sich Wolfsmütter eine geschützte Erdhöhle für die Geburt ihrer Welpen. Dort leben sie mit ihnen die ersten Wochen und säugen sie. In der Zeit jagen die anderen Familienmitglieder ohne sie und bringen ihnen Futter mit. Hier wäre übrigens ein idealer Platz.«

Wenn ich nicht schon gelegen hätte, wäre ich jetzt umgefallen. Was machte Ferdi-Nerdi hier?

»Mann, Spinni, du sollst keinen Vortrag halten, sondern weitersuchen!«, tönte Jonas. Ich war im falschen Film. Definitiv.

»Weg hier jetzt, sofort!« rief Kosvik noch einmal. »Hier oben könnte der Eingang zu einer Geburtshöhle sein. Wenn die Mutterwölfin da drin ist …«

»Oijoijoijoi! Da krieg ich aber Angst, dass mich gleich der böse Wolf frisst!«

»Das solltest du auch«, brummte Kosvik.

Jonas war blöd und daran würde sich auch niemals etwas ändern. Aber sogar über seine Stimme freute ich mich.

»Die ganze 8 a zu mir!«, rief ein Mann, sicher ein Polizist. »Wir suchen jetzt weiter westlich. Und ihr bleibt zusammen, verstanden? Hey! Aufhören! Wir sind hier nicht beim Stockkampf! Ihr wolltet helfen, eure Klassenkameradin zu suchen, also …«

»Den Tobias nehmen Sie jetzt mit zurück, Herr Hänlein«, stöhnte die Missel, und ich stellte mir vor, wie Hänlein ergeben nickte. »Und Ann-Marie auch. Sie steht doch nur herum und weint sich die Augen aus.«

Hatte ich mich verhört oder schniefte die Missel? Ich bekam ein gnadenlos schlechtes Gewissen. Wenn nicht nur Nase, sondern sogar die Missel meinetwegen mit den Tränen kämpfte … Und ich hatte geglaubt, dass ich sowieso allen egal war. Ich schluckte und schluckte, damit ich nicht selbst weinte. Alle Hoffnung war umsonst gewesen. Ich durfte mein Versteck nicht verlassen. Dieser Kosvik wartete doch nur darauf, mich in die Finger zu bekommen. Und würden mir die Polizisten und die Missel wirklich glauben? Er war doch viel zu schlau, um sich überführen zu lassen. Was hatte ich schon gegen ihn in der Hand?

»Lasst gut sein! Abmarsch!«

Eine Trillerpfeife ertönte. Nach und nach entfernten sich die Stimmen, und je leiser sie wurden, umso leiser knurrte auch Siri, bis sie ganz aufhörte. Jetzt flossen meine Tränen. Siri streckte ihren Kopf zu mir und leckte mir über das Gesicht, fast so, als wollte sie sich für ihr rüdes Benehmen von eben entschuldigen. Erst jetzt fiel mir auf, dass ich nicht mehr so viel Angst vor ihr hatte. Ich atmete ihren Geruch ein und spürte die Wärme, die von ihr ausging. Sie legte sich dicht neben mich und war gar nicht mehr hektisch und aggressiv, sondern ganz ruhig. Allmählich wurde auch mein Herzschlag langsamer. Etwas zwischen Siri und mir hatte sich verändert in den letzten Minuten. Ich dachte über ihren Angriff von vorhin nach. Sie hatte viel bessere Ohren als ich, also musste sie die Stimmen von Kosvik, meinen Klassenkameraden und den Polizisten schon viel früher als ich gehört haben. War ihr klar gewesen, dass Gefahr drohte, und sie hatte mich und die Welpen beschützen wollen? Ein wilder Wolf, der verhinderte, dass Kosvik mich fand? Diese Geschichte würde mir keiner abnehmen, dafür hörte sie sich viel zu sehr nach Lassie oder Flipper an. Doch je länger Siri friedlich neben mir lag, umso weniger glaubte ich, dass ihr Verhalten bloß Zufall gewesen war.

Nach einer Weile richtete sich Siri auf und beschnupperte ausgiebig die Beute, die noch immer an derselben Stelle lag. Aber sie rührte das Fleisch nicht an, sondern winselte nur. Ich streckte meine Hand nach dem toten Tier aus, fasste in das nasse harte

Fell. Ein starker Hals, der lang gezogene Kopf und die schmale Schnauze. Mit einem Mal begriff ich: Das war kein Hase und auch keine Hirschkeule. Vor mir lag ein toter Wolf. Und es war Selma. Sie hatte sich wohl mit letzter Kraft in die Höhle geschleppt, zu ihren Welpen. Dann war sie gestorben.

Es war genauso gekommen, wie ich befürchtet hatte. Kosvik und Lupo hatten die Wölfin in die Enge getrieben und sie erschossen. Und das war erst der Anfang: Gemeinsam mit Siri und den Welpen saß ich in der Falle. Wenn die Polizisten erst weit genug weg waren, würden Lupo und sein Vater zurückkehren. Und was dann geschah, wagte ich mir nicht auszumalen.

Angespannt lauschte ich auf jedes Geräusch, das von außen zu uns in die Höhle drang. Ich war wie gelähmt. Gleichzeitig wusste ich, dass ich vor Kosvik und Lupo fliehen musste, und zwar auf der Stelle. Aber wenn ich jetzt davonlief, überließ ich die Wölfe ihren künftigen Mördern.

Einer der beiden Welpen nuckelte an meinen Fingern und zwickte mit den spitzen Zähnchen. Vielleicht glaubte er, dass dadurch Milch kommen würde. In diesem Moment hätte ich alles dafür gegeben, Milch aus meinen Fingern zaubern zu können. Um den anderen Welpen stand es noch schlimmer: Er lag apathisch auf meinem Schoß und zitterte. Offenbar war er schon zu schwach zum Saugen. Unablässig streichelte ich sein kurzes glattes Fell und drückte ihn an mich. Wie warm und weich er sich anfühlte!

Wenn die kleinen Wölfe nicht bald etwas zu fressen bekamen, würden sie verhungern. Aber ich konnte ihnen nicht helfen, sondern musste mich selbst in Sicherheit bringen, solange noch Zeit war. Schweren Herzens legte ich die Welpen ganz nah zu Siri und hoffte, dass sie ihre Geschwister wärmen und für sie sorgen würde.

»Pass gut auf sie auf«, flüsterte ich und kroch aus der Höhle.

Ich kam mir vor wie ein Verräter. Und allem Anschein nach dachte auch Siri nicht daran, auf ihre Geschwister aufzupassen: Sie folgte mir und wich nicht von meiner Seite. Spürte sie, dass auch ihr Leben in Gefahr war, wenn sie zurückblieb?

Mit dem schlechtesten Gewissen aller Zeiten durchquerte ich das Gras unterhalb des Hügels, das platt getrampelt war von den Polizeistiefeln und den Schuhen meiner Klassenkameraden. Die Wellen des Sees schlugen im immer gleichen Rhythmus ans Ufer, und über den Wipfeln der Bäume hingen dichte dunkelgraue Wolken. Sie wirkten so düster und bedrohlich, als wollten sie mich warnen, in diese Richtung zu gehen. Unschlüssig blieb ich stehen. Bald schon würde es wieder dunkel sein und das bedeutete auch, dass ich eine weitere Nacht im Wald verbringen musste. Und wo sollte ich überhaupt hin? Zurück ins Schullandheim konnte ich nicht, solange Kosvik auf freiem Fuß war. Hatte Teresa meinen Zettel nicht gefunden? Lebte sie überhaupt noch? Vielleicht suchten die Polizisten nicht nur nach mir, sondern auch nach ihr. Ich mochte mir nicht ausmalen, was Kosvik ihr vielleicht angetan hatte.

»Ein Glück, dass sie dich nicht geschnappt haben«, rief eine Stimme aus der Dämmerung. Lupo schlenderte auf mich zu. Er musste vor den ausgehöhlten Baumstämmen gesessen haben, gut getarnt. Dann war Kosvik vermutlich auch nicht weit. Nervös sah ich mich nach allen Seiten um. Siri preschte auf Lupo zu und begrüßte ihn stürmisch. Sie lief ihrem Feind, dem sie blind vertraute, geradewegs in die Arme! Ich wollte wegrennen, aber ich brachte es nicht fertig, Siri ihrem künftigen Mörder zu überlassen.

»Ich weiß, wer du bist und was du hier machst«, schrie ich Lupo entgegen. Er sollte sich bloß nicht einbilden, dass er mich noch länger für dumm verkaufen konnte.

Lupo rollte sich von Siri weg und sprang auf. »Du hast in meinen Sachen geschnüffelt!«, tobte er, als wäre nicht er die miese Type, sondern ich. Dass ich sein Gewehr im See versenkt hatte, behielt ich lieber für mich.

»Selber schuld, wenn du deinen Kram rumliegen lässt. Sei froh, dass ich die Tüte vor der Polizei versteckt hab!«

»Wo ist sie?«

Ich öffnete meine Tasche, zog die Tüte heraus und schleuderte sie ihm vor die Füße. Siri lief zwischen Lupo und mir hin und her. Sie bellte ein paar Mal, als wollte sie fragen, was unser Problem war.

Lupo musterte mich misstrauisch. »Was meinst du überhaupt damit: Du weißt, was ich hier mache?«

»Ich weiß, dass Kosvik dein Vater ist und dass er die Wölfe abschießt! Und du hilfst ihm – steckst ihm, wann und wo er sie findet. Wahrscheinlich erschießt du sie auch noch selbst! Schleimst dich ein, bis sie dir vertrauen … Und mir spielst du die Story vom großen Wolfsversteher vor!« Automatisch spannte ich sämtliche Muskeln an. Sollte er ruhig wieder auf mich losgehen – dieses Mal war ich vorbereitet!

Aber Lupo blieb, wo er war. Stand nur so da. Er überlegte wohl fieberhaft, wie er aus der Nummer wieder rauskam. Er schlug sogar die Augen nieder. Volltreffer!

»… und Selmas Welpen sind übrigens kurz vor dem Verhungern. Am besten, du päppelst sie noch ordentlich auf, bevor ihr sie abknallt! Eure miese Nummer widert mich an!«

»Ich habe eine Blutspur im Wald gefunden. Sie führt auf den Hügel«, sagte Lupo leise.

Hatte er überhaupt zugehört?

»Klar gibt es eine Blutspur. Das Blut stammt von Selma. Sie hat sich in die Höhle geschleppt, zu ihren Welpen. Und jetzt ist sie tot!«

Lupo starrte mich fassungslos an. Er ging langsam in die Hocke und vergrub den Kopf zwischen den Händen. Minutenlang saß er zusammengekauert da. Dann schluchzte er leise auf.

»Die Krokodilstränen kannst du dir sparen!« Ich wandte mich ab. Dass er jetzt den großen Trauernden mimte, machte alles nur noch schlimmer.

Nach einer Weile richtete Lupo sich auf und wischte sich mit dem Arm über die Augen. »Ich hasse ihn«, sagte er so leise, dass ich ihn kaum verstand. »Zuerst hat er mich gezwungen, mit auf die Jagd zu gehen. Wollte mir zeigen, wie man Wölfe schießt. Wollte, dass ich auch mal anlege und …«

»Und? Hast du …?«

»Ein einziges Mal hab ich selbst geschossen, damals, vor zwei Jahren. Und gleich getroffen. Du hast ja keine Ahnung, wie beschissen ich mich seitdem fühle. Ewig lang hab ich ihm geglaubt, dass die Wölfe uns bedrohen. Dass es immer mehr werden … Bis ich kapiert hab, dass er ein Wolfskiller ist. Er lässt sich bezahlen dafür, dass er sie erschießt. Ich wollte ihn anzeigen. Hab ich ihm auch gesagt. Da ist er mir hinterher, hat gebrüllt, dass er das nur wegen mir tun muss. Weil ich Bastard ihm die Haare vom Kopf fresse, und er bringt mich um, wenn ich ihn verrate. Na ja, ich war mir sicher, dass er es wahr macht. Er säuft, seit meine Mum tot ist. Wenn er zu viel hat, rastet er aus. Da bin ich weg. Die Wölfe haben mich aufgenommen, verstehst du, obwohl ich einen von ihnen getötet hab! Deshalb muss ich sie jetzt vor ihm schützen. Aber er war wieder schneller … ausgerechnet Selma!«

Lupo sah mich verzweifelt an. Ich setzte mich neben ihn und sagte gar nichts. Was auch? Das musste ich erst einmal verdauen.

Er ließ die Schultern hängen und stocherte mit einem Stock im Sand herum. »Ich mochte Selma. Sie hatte Charakter …«

Siri streckte sich zu ihm hoch und schleckte seine Mundwinkel ab.

»Aber hat dich keiner vermisst? Haben sie dich nicht gesucht? Ich meine – wegen mir machen die so ein Theater mit Hubschrauber und all dem Quatsch …«

»Zur Schule bin ich schon vorher kaum noch gegangen. Die hatten eh genug von mir. Ich weiß nicht, was der Alte denen erzählt hat. Und er selbst war doch froh, dass ich mich verdrückt hab. Wenn du es genau wissen willst: Er ist nicht mein Vater. Bloß mein Stiefvater.«

Irgendwie war ich darüber total froh. Aber das sagte ich ihm nicht.

»Und deine Mutter? Ist sie das auf dem Foto?«

»Ja. Sie ist gestorben. Vor fast drei Jahren. Sie war sehr krank.« Lupos Stimme brach, und mit einem Mal tat er mir richtig leid. Ich war ein Idiot. Die ganze Zeit hatte ich ihn verdächtigt wegen der geschossenen Wölfe. Und jetzt lockte ich auch noch die Polizei hierher. Kein Wunder, dass er stinksauer auf mich war.

»Also ist das dein Zimmer, im Schullandheim, unten im Keller?«, fragte ich vorsichtig. »Das mit den Modellautos und dem Computer? Ich habe deine Fußabdrücke auf dem Teppich gesehen.«

Lupo grinste ein wenig. »Scheint ein Hobby von dir zu sein, mir hinterherzuschnüffeln. Musst mich ja sensationell finden!«

»Und du bist gar nicht eingebildet, oder?« Ich musste auch ein wenig grinsen, obwohl ich gar nicht wollte.

»Woher weißt du, dass er es ist, der die Wölfe abschießt?«, fragte Lupo nach einer langen Pause.

»Ich hab einen toten Wolf auf seinem Wagen entdeckt, in einen Sack verpackt.«

Lupo pfiff durch die Zähne. »Du hast Glück gehabt, dass er dich nicht erwischt hat.«

»War auch knapp ...«

»Die Wolfstante muss übrigens vor Kurzem in der Nähe gewesen sein. Dieser Brief von ihr steckte hier drin, in dem hohlen Baumstamm.« Lupo zog einen feuchten, völlig zerknitterten Zettel aus seiner Hosentasche und streckte ihn mir hin. *Für den Waldjungen*, stand darauf. Ich faltete ihn auseinander und überflog hastig Teresas Zeilen.

Hallo Waldjunge,

ich mache mir große Sorgen um die Wolfsfamilie. Ich weiß jetzt, dass ein Wilderer den Wolfsvater erschossen hat. Er heißt

Kosvik und ist mit Gewehren und Munition verschwunden, und ich befürchte, dass er es als Nächstes auf die Mutterwölfin und die beiden Einjährigen abgesehen hat. Bitte pass auf Dich auf – dieser Kerl ist gefährlich.

Meine Hütte wurde übrigens verwüstet. Da will mich jemand loswerden, ich hoffe, nicht Du! :-)

Und da ist noch etwas: Ein Mädchen aus dem Schullandheim ist verschwunden, eine Lou…

Ich ließ den Brief sinken. Was jetzt noch kam, wusste ich ja bereits. Zum ersten Mal schöpfte ich wieder ein wenig Hoffnung. Teresa hatte meine Nachricht in der Hütte also doch erhalten. Und sie lebte! Offenbar hatte sie der Polizei aber noch keinen Tipp wegen Kosvik geben können. Oder glaubten ihr die Polizisten nicht?

»Aber das mit der Hütte, das war ich nicht«, bemerkte Lupo. »Ich hab bloß ein bisschen Essen gesucht, da sah es da drinnen schon aus, als wenn eine Bombe eingeschlagen hätte. Das muss mein Alter zusammen mit Nico und dem anderen gewesen sein.«

»Du meinst, sie wollten Teresa einen Denkzettel verpassen?«, fragte ich und fühlte mich gleich noch ein bisschen elender, weil ich ihn auch wegen der verwüsteten Hütte verdächtigt hatte.

»Hat die Wolfstante dich gesehen?«, fragte er.

Ich schüttelte den Kopf. »Nein, ich muss sie ganz knapp verpasst haben. Vermutlich war ich da schon in der Höhle – Siri hat mich vor Kosvik gewarnt, er war bei den Polizisten dabei!« Ich musste Lupo ja nicht gleich auf die Nase binden, wie sie das getan und dass ich Todesängste dabei ausgestanden hatte.

Lupo runzelte die Stirn. »Quatsch, dazu ist sie noch viel zu jung.«

Siri bellte, als ob sie protestieren wollte. Sie wälzte sich im Sand, die Pfoten dicht an den hellen Bauch gezogen. Aufmerksam blickte sie uns an, und ich hätte wetten können: Sie spürte genau, dass wir über sie redeten. Ich erzählte Lupo die ganze Geschichte mit Siri, Kosvik, der Polizei und meiner Klasse. »Keine Ahnung, ob die mit Hunden weiter nach mir suchen. Aber sicher erst morgen, wenn es hell ist.«

Lupo nickte mit düsterer Miene. »Ich hoffe, sie schnappen meinen Alten, bevor er wiederkommt!«

»Wenn er nicht rechtzeitig untertaucht, in diesem verlassenen Bauernhaus. Da bin ich ihm nämlich gestern schon fast in die Arme gelaufen, er wollte sich anscheinend dort einrichten. Von dort hatte ich übrigens die Bohnen und Birnen.«

Lupo sah verlegen zur Seite. »Sorry, ich war … ich hatte …«

»Du hattest riesigen Kohldampf, ich weiß schon.« Ich stand auf und klopfte mir den Sand von der Hose. »Danke, dass ich hierbleiben konnte. Und es … es tut mir leid, wegen allem …« Meine Güte, ich stotterte schlimmer als Ferdi-Nerdi, wenn man ihn ansprach.

»Wo willst du denn jetzt hin? Du kannst ja noch nicht einmal wieder richtig gehen«, sagte Lupo nach einer langen Pause und sah mir für einen Moment direkt in die Augen. Bildete ich mir das ein, oder klang er ein ganz klein wenig besorgt?

»Ins nächste Dorf und von dort mit dem Zug nach Hause«, sagte ich und es klang, als ob das schon die ganze Zeit mein Plan gewesen wäre. Dabei hatte ich bis vor ein paar Sekunden keine Ahnung gehabt, wie es weitergehen sollte. »Vom Dorf aus rufe ich die Missel an, damit sie sich keine Sorgen mehr um mich machen. Wenn du mein Handy nicht in den See geworfen hättest …«

»Konnt ich ja nicht ahnen, die ganze schräge Nummer mit dir«, murmelte er.

»Ins Schullandheim bringt mich jedenfalls keiner mehr, bevor Kosvik nicht im Gefängnis sitzt!«

»Dann bin ich mal gespannt, wie du den Weg finden willst – kennst dich ja nicht gerade aus hier. Einen Kompass besitzen Großstadtmädels wie du bestimmt nicht, oder?«

Und er war doch ein arroganter Armleuchter. Eben hatte er noch ganz nett und besorgt geklungen, und einen Moment später benahm er sich ätzend, ohne dass ich kapierte, warum. Ich riss meinen »Wolfsland«-Prospekt aus der Umhängetasche und hielt ihn Lupo unter die Nase.

»Keine Sorge, ich komm schon klar! Karten lesen kann ich gerade noch!«

Lupo verzog den Mund zu einem spöttischen Grinsen. »Na, dann vergiss mal nicht, dich zu waschen, bevor du in der Zivilisation einläufst! Du riechst schon nach Wolf.«

»Längst nicht so widerlich wie du!« Ich warf ihm sein Ekeltuch vor die Füße, das ich die ganze Zeit noch bei mir gehabt hatte, und stapfte los. Was bildete der sich ein? Eigentlich war ich total froh, ihn los zu sein. Sollte er sich ruhig allein mit seinem miesen Stiefvater herumschlagen – ich hatte genug von sämtlichen Kosviks.

Ich war kaum ein paar Meter weit gekommen, als Bo wie aus dem Nichts auftauchte und in vollem Tempo auf mich zuraste. Er schoss knapp an mir vorbei, wie um mich zu erschrecken. Dann buddelte er unter einem Baum etwas aus, schnappte es und lief zu mir zurück. Vorsichtshalber ging ich in die Knie und rollte mich zusammen. Wer wusste schon, wohin er mich dieses Mal beißen wollte. Nie würde ich mich an seine unberechenbaren Annäherungsversuche gewöhnen. Da konnte Lupo noch so oft erklären, dass es Bo nur ums Kennenlernen ging.

Bo ließ den Klumpen, den er im Maul trug, vor mir auf den Boden fallen. Dieses Mal berührte er mich nicht einmal, nur sein Atem streifte mich. Er trabte zurück auf die Lichtung und legte sich neben Siri und Lupo nieder. Alle drei starrten gebannt zu mir. Was war das jetzt für ein Spiel?

»Du musst es essen, er teilt mit dir«, rief Lupo beschwörend.

Ja, schon klar. Anstatt endlich von hier wegzukommen, durfte ich jetzt den großzügigen Bo nicht enttäuschen. Ich besah mir sein Geschenk genauer. Ein echter Ekelfleischbrocken! Der Hinterlauf eines Kaninchens oder so, umhüllt von Matsch-Panade. Ich roch daran. Wenigstens schien das Fleisch noch nicht vergammelt zu sein, obwohl es sicher schon einige Stunden vergraben gewesen war. Lupo wartete doch nur darauf, dass ich das Gesicht verziehen und »igitt« kreischen würde. Aber den Gefallen tat ich ihm nicht. Ich riss mit den Fingern ein kleines Stück ab, das ohnehin lose am Knochen baumelte, schob es in den Mund und kaute. Mir wurde ganz anders, aber ich schluckte. Das rohe Fleisch schmeckte seltsam, nach Wild und feuchter, modriger Erde.

Bo erhob sich langsam, streckte sich und gähnte ausgiebig. Er lief wieder auf mich zu, aber dieses Mal fast gemächlich, und Siri folgte ihm. Sie umkreisten mich wie bei unserer ersten Begegnung. Als wollten sie abwarten, was ich vorhatte, während ich mich fragte, was sie vorhatten. Dann sprangen sie wie auf Kommando an mir hoch. Gerade noch rechtzeitig konnte ich die Arme hochreißen und Kopf und Gesicht schützen, bevor sie mich mit ihren harten Schädeln knufften und pufften.

Nach einigen Sekunden ließen sie von mir ab, und Bo kniff mich – ins Bein, in den Oberarm, überall dort hin, wo er mich zu fassen bekam. Ich biss die Zähne zusammen, ließ ihn gewähren. Nach und nach zwickte er schwächer, dafür schnüffelte er jetzt stärker an mir. Bis Siri sich zwischen uns drängte und mich ebenfalls beschnupperte. Zögernd fuhr ich mit den Händen durch ihr festes dichtes Fell. Sie ließ mich gewähren. Ich machte weiter, kraulte jetzt ihren Nacken und sogar das Schlappohr. Träumte ich? Streichelte ich gerade einen wilden Wolf?

Genauso plötzlich, wie die beiden Wölfe zu mir gekommen waren, ließen sie von mir ab und jagten davon. Ich holte ein paar Mal tief Luft. Zwar hatte ich keine Todesangst mehr vor ihnen, aber noch immer konnte ich ihr Verhalten nicht einschätzen.

Die Sonne verschwand hinter den Bäumen. Gingen Siri und Bo jetzt auf die Jagd? Unwillkürlich musste ich an Kosvik denken. Zum ersten Mal sorgte ich mich um die beiden Wölfe und darum, ob sie die kommende Nacht überstehen würden.

Lupo hatte seinen Platz bei den Baumstämmen aufgegeben und schlenderte zu mir, die Hände in den Hosentaschen.

»Alle Achtung. Hab gedacht, du wärst auch eine von denen, die sich aus lauter Schiss vor den Wölfen in die Hosen machen.«

»Ich bin eben nicht wie die anderen«, sagte ich. Wie einsam sich das Anderssein manchmal anfühlte, behielt ich für mich.

»Ich mach auch lieber mein eigenes Ding. Ist nur ein bisschen einsam manchmal …«

Hatte ich mich verhört? Konnte er meine Gedanken lesen? Oder hatte er im gleichen Augenblick das Gleiche empfunden wie ich? Das war mir noch nie passiert, schon gar nicht mit einem Jungen, den ich bis vor Kurzem für den größten Spinner der Welt gehalten hatte. Ich wusste nicht, was ich antworten sollte, und Lupo starrte auf irgendeinen Punkt auf dem See, weit, weit weg, und schwieg ebenfalls. Ich betrachtete ihn verstohlen von der Seite. Seine gerade Nase und die hellbraunen verfilzten Locken, die ihm fast bis zum Kinn reichten. Mit einem Mal drehte er sich zu mir. Schnell senkte ich den Blick. Eine Straße großer Waldameisen zog neben mir vorbei und eine von ihnen scherte aus und krabbelte über meinen Fußrücken. Ich wackelte mit dem Fuß, um sie abzustreifen. Hoffentlich hatte Lupo nicht bemerkt, wie ich ihn angesehen hatte. Zur Sicherheit widmete ich mich ausgiebig meinem Mückenstich am Schienbein und kratzte ihn auf, bis er wieder blutete und juckte.

Lupo räusperte sich. »Willst du dich noch von den Welpen verabschieden?«, fragte er und eilte im nächsten Moment schon in Richtung Hügel, ohne meine Antwort abzuwarten. Ich folgte seinem Umriss in der Dämmerung.

Hatte ich nicht schon weit, weit weg von hier sein wollen? Längst blitzten und blinkten die Sterne am Himmel und ich saß noch immer auf der Lichtung, die beiden Wolfswelpen auf dem Schoß. Die winzigen winselnden Fellknäuel drängten sich an mich und fiepten und quiekten um die Wette. Sie waren so dünn, dass ich jeden Knochen ertasten konnte. Lupo hatte die Welpen aus der Höhle geholt und mir in den Arm gedrückt. Tolle Überrumpelungstaktik. Er wusste ganz genau, dass ich mir Sorgen um sie machte.

»Du warst nach Selma die Erste, die bei ihnen war. Das haben auch Bo und Siri gerochen. Du bist jetzt ihre Mutter«, sagte Lupo leichthin, und ich konnte an seiner Miene nicht ablesen, ob das wirklich stimmte oder ob er sich nur nicht allein um die Welpen kümmern wollte. Auf jeden Fall hatte er es nicht mehr sonderlich eilig, mich loszuwerden.

»Heißt das, ich bin Ersatzmama von zwei Wolfsbabys?« Das wurde ja immer besser.

»Sieht ganz danach aus«, sagte Lupo und grinste. »Übrigens ist der mit dem schwarzen Fell ein Junge und die kleine Braune ein Mädchen.«

»Hast du ihnen schon Namen gegeben?«

Er schüttelte den Kopf und betrachtete die beiden besorgt. Sie zitterten noch immer, obwohl ich sie in den Armen hielt und mit meinem Pulli zugedeckt hatte.

»Sie brauchen jedenfalls so schnell wie möglich Milch. Ich weiß, wo ich vielleicht welche auftreiben kann. Du musst so lange bei ihnen bleiben und sie wärmen. Außerdem kennen sie deinen Geruch. Es macht ihnen sicher weniger Angst, wenn du auf sie aufpasst.«

Bevor ich protestieren konnte, hatte er sich schon auf den Weg gemacht. Wohl oder übel musste ich warten, bis er zurückkehrte. Ich legte mich vor den Höhleneingang, die Welpen an mich gedrückt, und döste. Obwohl ich erschöpft und hundemüde war, konnte ich nicht schlafen. Mein Magen knurrte, mir war kalt und bei jedem Geräusch zuckte ich zusammen. Was, wenn Kosvik sich schon auf dem Weg hierher befand?

Der kleine Wolfsjunge – er hatte das gleiche tiefschwarze Fell wie seine Mutter Selma und im Vergleich zu seinem Kopf ziemlich große, dreieckige Ohren – blieb keine Sekunde ruhig liegen. Ständig stupste er mir mit seiner feuchten Schnauze gegen den Mund und zog mich an den Haaren. Ich versuchte, mich an Ferdi-Nerdis Wolfsreferat zu erinnern, das er wenige Tage vor unserer Abfahrt gehalten hatte. Aber damals hatte ich keine Sekunde zugehört. Wie lange säugten Wolfsmütter ihre Jungen? Was fraßen die jungen Wölfe danach? Schon nach zwei Tagen hier draußen erinnerte ich mich kaum mehr an mein altes Leben. Oder lag es am Hunger, dass ich nicht mehr klar denken konnte?

Das Schilf am Ufer raschelte und Siri tauchte auf. Sie trug

etwas im Maul. Als sie mich bemerkte, stoppte sie und ließ ihre Beute auf den Boden fallen. Eine tote Ente. Davon musste ich etwas für die Welpen abbekommen. Denn ob Lupo überhaupt Milch auftreiben würde, war alles andere als sicher.

Siri hatte sich unter einen Baum verzogen. Ich stand langsam auf, um die Welpen nicht zu erschrecken, und näherte mich ihr. Sie fletschte die Zähne. Ich ging auf Hände und Knie, wie ich es bei Lupo gesehen hatte, zog die Oberlippe hoch, schob die Zungenspitze zwischen die Zähne und knurrte – ein Glück, dass mich niemand so sah! Für einen Moment erstarrte Siri. Doch dann machte sie sich groß, stellte ihr eines Ohr auf und knurrte zurück. Immer lauter knurrend kreisten wir um die tote Ente zwischen uns. Mein Herz raste, aber bestimmt durfte ich Siri das jetzt nicht zeigen. Ich zählte innerlich bis drei, schoss mit einem Satz auf Siris Beute los und begrub sie unter mir. Siri fletschte ihre Zähne und spannte die Muskeln zum Angriff. In diesem Augenblick jaulte einer der Welpen. Als wenn jemand einen Schalter bei ihr umgelegt hätte, schnellte Siri zurück. Sofort kroch ich mitsamt der Ente auch rückwärts. Das Köpfchen des schwarzen Welpen erschien am Rand des Hügels. Dann rollte die Fellkugel zappelnd und quiekend geradewegs auf mich zu und drängte sich von Neuem an mich.

Siri setzte sich in respektvollem Abstand hin und betrachtete das Schauspiel aufmerksam. Ich legte die Ente vor dem kleinen Wolf ab und er schnupperte sofort daran, stupste die Ente mit der Schnauze an und leckte sie ab. Sein Maul öffnete sich und er fiepte, aber er fraß nicht. Wie sollte er mit den winzigen Zähnchen auch das feste Fleisch vom Knochen reißen und zerkauen können? Es hatte keinen Sinn. Ich musste wohl oder übel auf Lupos Rückkehr mit der Milch hoffen.

Siri knurrte jetzt wieder stärker und sprang auf. Schnell griff ich nach der Ente und warf sie Siri hin. Sie stürzte sich auf ihre Beute und fraß gierig. Der kleine Wolf aber tapste auf wackligen Beinen zu Siri. Er streckte sich zu ihrem Maul und leckte an ihrem Mundwinkel. Im gleichen Augenblick würgte Siri ein wenig Fleisch hervor und fütterte den Welpen damit. Er begann sofort zu fressen. Hatte Siri von Anfang ihre kleinen Geschwister füttern wollen und die Ente deshalb so entschlossen gegen mich verteidigt? Noch mehrmals gab sie dem Kleinen von dem Fleischbrei. Um diesen Welpen brauchte ich mir erst einmal keine Sorgen mehr zu machen. Aber was war mit seiner Schwester? Ich kletterte hinauf zur Höhle.

Das Wolfsmädchen lag noch vor dem Eingang. Ihr Atem ging flach und schnell. Als sie mich kommen hörte, blinzelte sie nur, schaffte es aber nicht, die Augen zu öffnen. Ich hatte sie viel zu lange allein gelassen! Ich nahm die kleine Wölfin auf den Arm und trug sie zu Siri hinunter. Rasch kniete ich nieder und hob Siri das braun-graue Köpfchen ihrer Schwester entgegen. Siri beschnupperte sie und schien zu warten, dass auch ihre Schwester um Futter bettelte. Doch diese reagierte kaum und schließlich wandte sich Siri ab. Ich öffnete das winzige Maul, um der kleinen Wölfin zu helfen. Kurz spürte ich ihre Zunge, die an meinem Finger schleckte, bevor der Kopf wieder auf meinen Arm sank. Tränen stiegen mir in die Augen. »Friss doch, bitte, friss«, flüsterte ich. Da war schon der schwarze Welpe zu Siri herangekrochen und bettelte erneut um Futter. Es war zwecklos.

»Probieren wir's damit!«

Zum Glück saß ich schon, sonst wäre ich jetzt vor Schreck umgekippt. Lupo war von der anderen Seite des Hügels gekommen, deshalb hatte ich ihn weder gehört noch gesehen.

»Du solltest wirklich besser aufpassen«, begrüßte er mich in alter Lupomanier.

»Was gibt das jetzt? Die Wir-spielen-Indianer-Stunde?«, pflaumte ich ihn an und wischte mir schnell die Tränen aus dem Gesicht. Aber er hatte recht: Ich hätte wirklich aufmerksamer sein müssen.

Lupo setzte sich neben mich und streckte mir eine Flasche entgegen. »Auf dem Bauernhof war ich schon ein paar Mal. Aber dieses Mal musste ich mich ewig in den Büschen verstecken, bis die Bäuerin endlich aus dem Stall kam mit dem Karren. Und da waren nur riesige Milchkannen drauf! Die hätte ich niemals schleppen können. Als ich die leeren Flaschen neben der Haustür sah, hab ich gewartet, bis die Frau rein ist ins Haus, bin rasch hin, hab eine Flasche geschnappt, die Milch abgefüllt – und nichts wie weg!«

Ich schraubte den Deckel ab und tauchte meinen Finger in die Milch. Wie gern hätte ich sie selbst abgeleckt. Behutsam öffnete ich dem Wolfsbaby das Maul und schob meine Fingerspitze hinein. Einen Moment passierte nichts. Doch schließlich leckte die kleine Zunge und saugte an meinem Finger. Am liebsten hätte ich gejubelt. Und auch Lupo strahlte, wie ich ihn noch nie hatte strahlen sehen.

Immer wieder gab ich der Kleinen zu trinken und strich über ihre warme Schnauze, die um die Nase herum ganz hell war. Nach einer Weile gluckste es in ihrem Bauch und sie schlief mit meinem Finger im Maul ein.

In der Ferne heulte ein Wolf. Lupo sprang auf. »Bo! Er hört sich so stark an! Er sagt uns, dass er jetzt sein eigenes Revier hat. Ausgerechnet heute ist er erwachsen geworden und macht sich aus dem Staub.«

Lupo klang fast beleidigt, dass Bo ihn nicht zuerst um Erlaubnis gefragt hatte. Er nahm die Milchflasche, trank und wischte den Flaschenkopf ab. »Da, trink auch etwas. Du kannst es brauchen«, sagte er.

Danke, gleichfalls, wollte ich antworten. Aber ausnahmsweise verbiss ich mir einen biestigen Kommentar und nahm lieber auch einen Schluck. Die Milch schmeckte himmlisch, das Beste, was ich jemals getrunken hatte.

»Ich würde den schwarzen Welpen Paco nennen.« Mit dem Handrücken wischte ich mir den Mund ab.

Lupo nickte. »Und die andere Handvoll Wolf heißt Malka«, sagte er, und wir mussten beide lachen wegen der Handvoll und ein bisschen auch, weil wir uns fast wie Eltern benahmen.

Lupo brach mitten im Lachen ab, als ob er sich selbst bei etwas Peinlichem ertappt hätte. Und während ich mir schon wieder den Mückenstich am Schienbein aufkratzte – so heilte der nie –, tollte Lupo mit Siri am Ufer herum, und die beiden rauften und wälzten sich auf dem Boden. Irgendwann hielt Lupo inne und richtete sich auf. Siri blickte ihn verwundert an. Warum unterbrichst du unser lustiges Spiel, schien sie zu fragen, während sie ihn anrempelte und in die Füße zwickte, bis er laut aufjaulte. Sofort ließ sie von ihm ab.

»Das lernen sie schon als Baby: Sie hören auf, wenn man ihnen zeigt, dass sie einem wehtun«, rief Lupo mir zu, als hätte er Siri dieses Verhalten beigebracht, und einmal mehr wurde mir klar, wie eng er mit den Wölfen verbunden war. Erst nach einigen Minuten stand er wieder auf und kam zu mir.

»Der Alte soll Selma nicht kriegen. Nicht einmal tot«, sagte er mit finsterer Miene. »Hilfst du mir, bevor du gehst?«

Ich nickte stumm. Nichts lieber als das. Schon seit Lupo mit der Milch zurück war, schob ich den Abschied von den Wölfen und ihm vor mir her. Fast wünschte ich mir, mein Fuß würde wieder schmerzen. Ich betastete den Knöchel, aber er war kühl und kein bisschen dick.

In den letzten Stunden hatte ich mich hier wohlgefühlt. Beinahe, als ob ich eine neue Familie gefunden hätte. Siri legte sich zu ihren beiden Geschwistern und alle drei kuschelten sich aneinander, die Pfoten eng um den Körper des anderen geschlungen. Der Anblick der drei Wölfe berührte mich und ich war stolz und glücklich, wie schnell Siri, Bo und die Welpen mich in ihre Nähe gelassen hatten.

»Was ist jetzt?« Lupo zog die tote Selma keuchend aus der Höhle und sah mich erwartungsvoll an. Sie hatte die Augen geschlossen und ihr Gesicht war entspannt – nicht gerade, als ob sie lächelte, aber besonders freundlich hatte sie ohnehin nicht ausgesehen.

»Wir bringen sie zum Moor. Von dort kann ich dir den Weg

Richtung Dorf zeigen«, sagte Lupo. Er lief zum See, die leere Milchflasche in der Hand.

»Hier, du musst sie einpacken und mitnehmen. Ich hab ja Wasser genug …« Lupo streckte mir die Flasche entgegen. Sie war ausgespült und mit klarem Seewasser gefüllt.

Ich packte sie in meine Umhängetasche und murmelte »danke«. Lupo hatte tatsächlich daran gedacht, dass ich auf der Flucht Trinkwasser brauchte. Ich wusste einfach nicht, woran ich bei ihm war. Auf der einen Seite konnte er nett sein, fast fürsorglich. Aber genauso schnell war er wieder abweisend und unnahbar.

Lupo packte Selma an den Vorderbeinen, ich nahm ihre Hinterbeine und so schleppten wir sie in den Wald. Schon nach kurzer Zeit schwitzte ich. Selma wog sicher vierzig Kilo.

»Da vorne ist es«, keuchte Lupo nach einiger Zeit. An einem toten, halb umgeknickten Baumstamm blieb er endlich stehen. Vorsichtig legten wir Selma ab. Vor uns lag ein Tümpel mit modrigem dunklem Moorwasser. Ich fand es scheußlich, Selma in einen schlammigen Tümpel zu werfen. Obwohl sie schon tot war, kam es mir vor, als müsste sie darin ertrinken.

»Warum begraben wir sie nicht?«

»Ohne Spaten? Außerdem will ich nicht, dass der Alte sie findet. Er wird ihr das Fell abziehen und sich eine Kette aus ihren Zähnen basteln«, sagte er und verzog angewidert das Gesicht.

Lupo strich Selma ein letztes Mal über den Kopf, dann rollten wir sie ins Wasser. Ich drehte mich weg, weil ich nicht mitansehen wollte, wie sie unterging. Aber das Gluckern war fast noch schlimmer.

Eine Weile standen wir schweigend da. Lupo starrte auf den Tümpel. Er verabschiedete sich wohl von Selma. Und jetzt war endgültig der Zeitpunkt gekommen, an dem auch ich gehen musste. Ich hasste Abschiede, und diesen hier ganz besonders. Wenn ich das Wolfsland jetzt verließ, würde ich weder Lupo noch die Wölfe jemals wiedersehen. Lupo würde nicht hinter mir herstürzen und mir sagen, dass ich doch bleiben sollte. Dazu war er nicht der Typ. Und außerdem: Nur weil er mir ein paar Mal tief in die Augen geschaut hatte, hieß das noch lange nicht, dass er etwas für mich empfand. Warum dachte ich überhaupt so viel über ihn nach? Er konnte mir doch egal sein. Aber das war jetzt anders. Anfangs hatte ich ihn nicht ausstehen können und jetzt wollte ich ihn am liebsten umarmen. Ich kapierte überhaupt nichts mehr.

Die Zeit dehnte sich. Ich trat von einem Fuß auf den anderen, wühlte meine Tasche durch, als wollte ich kontrollieren, ob ich auch alles Wichtige eingepackt hätte. Dabei wusste ich nur nicht, was ich tun sollte. Mach schon! Sag etwas!, flehte ich Lupo innerlich an. Aber er stand stumm und starr da wie der tote Baum.

»Ich komme nicht noch mal mit zur Lichtung«, stammelte ich schließlich, »das wäre ja Blödsinn, ich müsste ja den ganzen Weg wieder zurück …«

»Ja, klar.« Lupo nickte, offenbar erleichtert, und sah an mir vorbei.

Ich drehte mich um und marschierte wütend los. Selbst wenn ich ihm auch etwas bedeutete, war er zu feige, es zu zeigen!

»Du kannst meinen Kompass haben. Ungefähr acht Kilometer von hier Richtung Norden, hinter dem Kraftwerk, liegt Rodann.

Ein Kaff. Aber von dort fährt ein Zug«, rief Lupo mir nach. Mein Herz setzte einen Schlag aus, aber ich zwang mich weiterzugehen, als ob ich ihn nicht gehört hätte. Da hatte er mich schon eingeholt und hielt meinen Arm fest.

»Warte!«

»Was ist denn noch?«

»Zuerst kommst du in das Braunkohlegebiet. Du musst sehen, dass du es schnell durchquerst. Solange es noch dunkel ist. Am Tag ist das zu gefährlich – dort darf nicht einfach jeder durchmarschieren – und du könntest leicht von den Arbeitern entdeckt werden.« Lupo kramte hektisch in seiner Hosentasche. »Hier. Ich brauch den Kompass nicht mehr … Und nimm dich vor meinem Stiefvater und seinen Männern in Acht.«

»Ja, klar«, sagte ich und überlegte. Kosvik … Ich hatte Lupo die ganze Zeit noch etwas Wichtiges sagen wollen – etwas, das mit seinem Stiefvater zu tun hatte. Aber es wollte mir nicht einfallen.

Auf einmal stand Lupo dicht vor mir. Er legte seine Hände auf meine Schultern und sah mich mit diesem ganz besonderen Blick an, der meine Beine sofort zu Pudding werden ließ und mein Gehirn auf Sendepause schaltete.

»Sehen wir uns wieder?«

Das verrückte Kribbeln zog aus meinem Bauch durch meinen ganzen Körper. Hatte ich richtig gehört? Er wollte mich tatsächlich wiedersehen? Und was sollte ich antworten, ohne dass es peinlich oder romantisch klang oder beides zugleich?

»Bisher konntest du mich doch nicht schnell genug loswerden!«

Lupo nahm die Hände von meinen Schultern und trat ein paar Schritte zurück. »Stimmt«, sagte er und verzog den Mund zu seinem spöttischen Lupolächeln.

Am liebsten hätte ich mir die Zunge abgebissen. »Also ja … ich … klar, gerne …«, ruderte ich zurück. Aber er hatte sich schon weggedreht und nahm den Weg zur Wolfslichtung, die Hände wie immer tief in die Hosentaschen vergraben. Ich war wirklich ein unfassbarer Spitzenschwachkopf.

Ich hielt mich immer in Richtung Norden. Zumindest hoffte ich, dass es Norden war, denn in der Dunkelheit konnte ich nur vage erkennen, wohin die Kompassnadel zeigte. Trotz der Sterne, die zwischen den Wolkenlücken durchschimmerten. Aber Lupo hatte mir ja eingeschärft, ich müsse das Tagebaugebiet durchqueren. Und tatsächlich lag der Wald jetzt hinter mir, und die riesigen Abraumhügel ragten vor mir in den Himmel. Auf der gegenüberliegenden Seite des Tals zeichnete sich die Silhouette des Kraftwerks ab. An dem sollte ich rechts vorbei. Die kahle Landschaft erinnerte mich an Fotos von der Oberfläche des Mondes und ich wollte diese leblose Gegend so rasch wie möglich hinter mir lassen.

Dennoch blieb ich regelmäßig stehen, um zu horchen. Ob Bo hier lebte? Vielleicht hatte er wirklich schon ein neues Rudel gegründet. Mit jedem Meter, den ich mich weiter von der Wolfslichtung entfernte, drängten sich die Wölfe stärker in meine Gedanken. Und nicht nur sie. Himmel, ständig sah ich Lupos grüne Augen mit den dunklen Wimpern vor mir! Wie er mich beim Abschied angesehen hatte. Wie er die Hände auf meine Schultern gelegt hatte. Idiotisch, dass mir so viel an einem Jungen lag, der im Wald lebte, die meiste Zeit unerträglich überheblich war und ziemlich verkorkst dazu. Andererseits wollte er die Wölfe beschützen. Und er redete nicht nur davon, sondern er handelte. Wobei, die Sache mit dem Gewehr war grenzwertig: Wenn er Kosvik oder einen anderen Wilderer erschoss oder aus Versehen einen Polizisten traf oder Teresa ... Ich stutzte. Das Gewehr! Mit einem Mal wusste ich wieder, was ich Lupo beim Abschied hatte sagen wollen: dass ich sein Gewehr in den See geworfen hatte. Lupo würde es sicherlich suchen, womöglich in diesem Augenblick. Vielleicht war Kosvik gefährlich nah, vielleicht hatte er Selmas Blutspuren entdeckt. Und Lupo konnte sich nicht verteidigen und auch nicht die Wölfe!

Ich rannte los, den ganzen Weg zurück. Bald schon war ich vorbei an Selmas Tümpel und näherte mich der Lichtung. Mit jedem Meter steigerte sich meine Angst, dass ich zu spät kommen würde. Fast erwartete ich einen Schuss. Schreie. Siri, blutüberströmt wie Selma, und einen hämisch grinsenden Kosvik, der Lupo bedrohte.

In der Ferne schimmerte ein schwaches Licht. Lupo, da vorn war er! Ich habe etwas Wichtiges vergessen! Es tut mir leid!, wollte ich rufen. Aber im letzten Moment hielt ich den Mund. Lupo hatte keine Taschenlampe. Der Lichtkegel tanzte zwischen den Bäumen auf und ab. Ich presste mich an den nächsten Baumstamm und horchte. Plötzlich ein Kläffen. Das war kein Wolf, Siris und Bos Bellen kannte ich, es klang viel tiefer. Aber dieser Hund hier kläffte schrill und aufgeregt. Und genau dieses Kläffen kannte ich nur zu gut. Hugo!

Es gab nur eine Möglichkeit: Ich musste die Wolfslichtung

von der anderen Seite her erreichen, vor Kosvik und Hugo, und Lupo warnen. In Zeitlupe schlich ich rückwärts. Bei jedem Schritt rollte ich meine Füße vorsichtig ab. Zum Glück war der Waldboden weich und moosig; keine vertrockneten Blätter, die unter meinen Füßen raschelten. Als ich glaubte, weit genug weg zu sein, rannte ich los und kehrte in einem großen Bogen von der anderen Seite zur Wolfslichtung zurück. Vielleicht hatte Lupo Siri auf die Jagd begleitet und er war gar nicht da! Aber würde er die Welpen nicht so lange allein lassen?

»Lupo«, rief ich leise. Ich pirschte gebückt zu unseren Baumstämmen. Wartete. Schlich in Richtung Hügel. Mit einem Mal zeichnete sich auf der Kuppe ein dunkler Umriss gegen den Nachthimmel ab.

»Was willst du noch hier?«

Natürlich war er nicht gut auf mich zu sprechen nach meinem Abschied. Aber sein Tonfall kränkte mich dennoch.

»Kosvik! Er wird jeden Moment hier sein«, flüsterte ich. »Nimm die Welpen, ihr müsst weg von hier!«

Lupo fluchte und Hugo bellte in der Ferne.

Auf allen vieren krabbelte ich den Abhang hinauf, um schneller oben zu sein. Da streckte mir Lupo schon Malka entgegen.

»Da lang!«

Wir stürmten die Rückseite des Hügels hinunter.

»Er ist verrückt, bringt seinen Köter mit«, rief Lupo, während wir am Seeufer entlangrannten. Der Sand war fest und nass, aber wenigstens sanken wir so nicht ein. Ein Schuss knallte hinter uns, noch einer. Mir war schlecht vor Angst und fast wäre mir Malka vom Arm gerutscht, sie strampelte und jaulte wie verrückt. Mit einem Mal blieb Lupo stehen. Ich überholte ihn und zog ihn am Arm.

»Los, komm schon!«

Er beugte sich vor, die Hände auf die Oberschenkel gestützt, und hustete. Dann lief er weiter. Hugos Gebell hinter uns wurde leiser und schwoll wieder an. Aber nie hörte es ganz auf.

Allmählich färbte sich der Himmel am Horizont rötlich und kurze Zeit später ging die Sonne auf. Den See hatten wir längst hinter uns gelassen. Malka saugte ständig an meinen Fingern und ihre Krallen kratzten meine Unterarme blutig. Sie suchte einen bequemen Schlafplatz an meiner Brust, aber sie fand keine Ruhe. Jedes Mal, wenn wir eine kurze Verschnaufpause einlegten, rannten wir gleich darauf wieder weiter und Malka schreckte von Neuem hoch.

»Hugo – er bellt nicht mehr«, keuchte Lupo irgendwann. Aber ich lief weiter und weiter.

»Er ist weg! Bleib doch endlich stehen!«

Mein Gehirn gab den Befehl anzuhalten. Doch es dauerte, bis der Befehl bei den Füßen angekommen war.

Lupo setzte Paco auf den Boden und hustete wieder. Ich packte die Flasche aus, und Lupo riss sie mir aus der Hand und trank gierig. Paco hüpfte an Lupo hoch wie ein schwarzer Flummi. Sicher glaubte er, Lupo würde mit ihm spielen. Doch Lupo rang nur nach Luft.

»Was ist mit dir?«

»Nur ein bisschen erkältet«, murmelte er und nahm Paco wieder auf den Arm. »Der Fluss muss gleich da vorn sein. Auf der anderen Seite liegt Polen. Wenn wir ihn durchqueren, verliert Hugo die Spur.«

Vielleicht hatte Lupo ja recht und der Fluss war tatsächlich unsere Rettung. Auf Knien und Händen kroch ich weiter. Jetzt, wo ich mich einmal fallengelassen hatte, kam ich nicht mehr auf die Beine. Meine Knie knickten weg und meine Fußsohlen waren taub.

Lupo eilte voraus und wartete unter den dichten Zweigen einer Hängeweide. Er winkte mir ungeduldig, ihm zu folgen. Da vorn rauschte schon das Wasser. Oder war es nur das Blut in meinen Ohren? Ich kroch, Malka unter den Arm geklemmt, zu Lupo und dann die Böschung hinunter.

Der Fluss war nicht sehr breit, aber das Wasser floss ziemlich schnell. Lupo machte einen Schritt in das kalte Nass und zog sofort seinen Fuß zurück. War er seit Neuestem wasserscheu? Der kühle See hatte ihm doch nie etwas ausgemacht, und jetzt zitterte er sogar! Mit zusammengepressten Lippen knotete Lupo seine Tüte fester zu und stakste weiter. Als das Wasser ihm bis zur Brust reichte, drehte er sich zu mir und warf mir einen hilflosen Blick zu.

»Ich kann nicht schwimmen!«

Ich musste mich verhört haben. »Und was war das am See? Da bist du doch gekrault!«

»Mit den Armen, klar! Ich hab nur so getan … Kein Problem, solange ich Boden unter den Füßen habe.«

Plötzlich strauchelte er und verlor das Gleichgewicht. Paco

zappelte wie wild in seinen Armen. Mit einem Satz war ich im Wasser.

»Halt dich an meinem Rücken fest. Wir lassen uns treiben.« Ich ging in die Knie, Malka lag jetzt quer über meiner Schulter. »Schnell jetzt. Und mach dich nicht so schwer!«

Lupos Hand krallte sich in meine andere Schulter. Malka jaulte mir ins eine Ohr, Paco ins andere, während ich versuchte, mit zwei Wolfswelpen und einem ungewohnt ängstlichen Lupo zur anderen Seite des Flusses zu paddeln. Aber in der Mitte des Flusses wurde die Strömung stärker und riss uns mit, flussabwärts statt zum anderen Ufer. Schon nach kurzer Zeit hatte ich keinen Boden mehr unter den Füßen. Malka und Paco pressten sich an mich und jaulten. Das Wasser sprudelte und spritzte mir ins Gesicht. Die Umhängetasche rutschte mir über den Kopf und trieb unerreichbar weit vor mir her, mit meinem Geldbeutel und dem Pulli – und obendrein hatten wir jetzt keine Trinkflasche mehr.

Unvermittelt wurde das Wasser ruhiger und wir drifteten genau auf die polnische Uferseite zu. »Da rüber, schwimmen, los!«, rief ich Lupo zu. Ein Riesenschwall Wasser schwappte mir in Mund und Nase. Ich hustete, ging unter, und Lupos Hand glitt von mir ab. Er zog wie besessen an meinen Haaren. Prustend tauchte ich wieder auf.

»Deine Hand!« Ich bekam zwei Finger von Lupo zu fassen und packte seinen Arm. »Ich hab dich!« Dafür hatte ich jetzt die Welpen verloren. Sie strampelten wenige Meter neben mir, ihre kleinen Köpfe tauchten auf, verschwanden wieder unter der Oberfläche. Ich wollte ihnen helfen, aber mit Lupo im Schlepptau kam ich nicht nah genug an sie heran. Ich kämpfte mich gegen die Strömung in ihre Richtung, doch dabei ging ich selbst fast unter. Mein Knöchel schmerzte wieder und mit jedem weiteren Beinschlag schienen dickere Bleigewichte an meinen Füßen zu hängen, die mich nach unten zogen.

»Du musst stärker mitpaddeln!«, schrie ich Lupo an, der nur noch panisch um sich schlug und mir gegen Beine und Bauch trat, anstatt zu schwimmen. Aufs Neue schluckte ich eine Portion Flusswasser und in der nächsten Sekunde zog mich ein Strudel unter die Oberfläche und wirbelte mich herum, sodass ich nicht mehr wusste, wo oben und unten war. Und zu allem Übel hatte ich auch noch Lupo verloren. Aufgewühlter Sand vom Flussboden trübte die Sicht und ich stieß mit der Stirn gegen etwas Hartes. Unmittelbar vor mir lag ein gigantischer Felsbrocken. Ich wollte mich an ihm festhalten, doch seine Oberfläche war bemoost und voller glitschigen Algen. Meine Finger rutschten ab und die Strömung zog mich weiter mit sich. Länger konnte ich die Luft nicht mehr anhalten. Wenn ich nicht sofort auftauchte, würde ich bewusstlos werden und ertrinken! Ich kämpfte mich ein Stück nach oben, aber dann gehorchten meine Arme und Beine nicht mehr. Ich war so schwach, so unendlich müde.

Die Strömung floss jetzt langsamer und plötzlich spürte ich auch wieder Boden unter den Füßen. Mit allerletzter Kraft drückte ich mich vom Grund ab und tauchte auf. Ich sog die Luft tief in meine Lungen und hustete das restliche Wasser aus. Wie erleichtert war ich, als ich Lupo am Ufer entdeckte. Und nur wenige Meter neben mir paddelten Malka und Paco! Offenbar konnten selbst junge Wölfe schon gut schwimmen, ohne dass es ihnen jemand beibrachte. Die beiden sprangen ans Ufer, schüttelten sich und liefen auf dem schmalen Sandstreifen hin und her.

Ich taumelte ans Ufer. Lupo lag auf dem Rücken im Sand, die Augen geschlossen. Sein Brustkorb hob und senkte sich stoßweise. Ich griff nach seinem Wolfsfell, das ein paar Meter weiter an Land gespült worden war, und schleppte mich zu ihm. Meine Arme waren aufgeschürft. Blutstropfen vermischten sich mit dem Wasser auf meiner Haut und flossen als feine hellrote Rinnsale auf den Boden. Wo Lupo sich an meinem Rücken festgekrallt hatte, brannte die Haut wie Feuer.

Lupo öffnete die Augen und richtete sich auf. Ich setzte mich neben ihn und gab ihm das Fell zurück. Schweigend blickten wir seiner Plastiktüte nach, die den Fluss hinuntertrieb. Von meiner Umhängetasche war nichts mehr zu sehen.

»Danke … ohne dich hätte ich es nicht geschafft«, sagte Lupo schließlich mit rauer Stimme und klopfte Paco und Malka auf die Schnauze, weil sie ständig in unsere Füße zwickten. »Sie sind hungrig und müde. Wir brauchen einen Unterschlupf, wo sie ausruhen können, und etwas zu fressen für sie«, sagte ich und dachte sehnsüchtig an die verschrumpelten Möhren in Lupos Tüte. Vor lauter Hunger hatte ich mittlerweile Magenkrämpfe.

Wir bewegten uns weg vom Ufer, damit wir von der anderen Seite des Flusses aus nicht so leicht zu sehen waren. Schließlich konnte Kosvik jeden Moment dort drüben erscheinen.

Das Gras, das uns überall hellgrün und saftig entgegenschimmerte, machte mich aggressiv: ein riesiges weiches, duftendes Bett, in das ich mich nicht legen durfte. Ich wollte gegen jeden einzelnen Baumstamm treten, der schuld war, dass meine Füße um ihn herumlaufen mussten. Noch einen Meter weiter, und noch einen, und noch einen, und noch einen. Ein idyllischer Seerosenteich gab mir den Rest. Konnten seine Froschbewohner nicht das Maul halten? Ihr lautes Gequake klang, als amüsierten sie sich über uns.

»Nur mal kurz ausruhen, geht gleich wieder«, murmelte Lupo, und im nächsten Augenblick kauerte er schon auf dem Boden.

»Geht gleich wieder, geht gleich wieder … von wegen«, motzte ich ihn an, obwohl ich das gar nicht wollte. Offenbar ging es ihm schlechter, als er zugab. Aber in dem Tempo kamen wir einfach nicht voran und ich wusste, dass Kosvik alles daransetzen würde, uns doch noch zu schnappen.

Ein Regentropfen fiel auf meine Nasenspitze, der nächste auf meinen Handrücken. Fast unbemerkt hatte sich in der letzten Stunde der Himmel zugezogen. Umso dringender brauchten wir bald ein Versteck, wo Lupo und die Welpen sich erholen konnten. Aber wo sollten wir hier einen Unterschlupf finden? Hinter uns lag die Flussebene mit dem Grasland, und vor uns ein mickriger Wald mit dürren niedrigen Bäumchen. Erst ein ganzes Stück entfernt schien der Wald dichter zu werden und ein Baum überragte mit seiner krummen verwitterten Spitze alle anderen. Vielleicht war dieser Baum dicht genug, damit wir uns darunter für eine Weile verkriechen konnten.

Ich tastete nach Lupos Kompass in der Hosentasche. Wie durch ein Wunder hatte ich ihn nicht im Fluss verloren und er funktionierte noch. Die Nadel pendelte sich in der Mitte von »S«

und »O« ein, wir mussten uns also südöstlich halten, um auf den Baum zu treffen. Hoffentlich schaffte Lupo überhaupt noch den Weg bis dorthin.

»Höchstens hundert Meter noch, bis wir eine Pause machen können«, sagte ich. Lupo nickte mit ausdrucksloser Miene. War er jetzt erleichtert oder entsetzt über die paar Meter?

Wir nahmen die schlafenden Welpen hoch und trotteten weiter. Ich ließ die Kompassnadel nicht aus den Augen, denn wir konnten uns nicht den kleinsten Umweg leisten. Mittlerweile goss es in Strömen. Die Luft kühlte von Minute zu Minute mehr ab, und die grauen Wolken verdichteten sich zu einer einzigen Wolkensuppe, die immer tiefer sank, als wollte sie dafür sorgen, dass wir diesen Baum niemals finden würden. Lupo schwankte wie ein Betrunkener neben mir her. Es war nur noch eine Frage der Zeit, bis seine Beine endgültig streikten.

»Hey, warte!«, rief Lupo ein Stück hinter mir.

Ich stolperte zu ihm zurück. War ihm denn noch immer nicht klar, dass wir uns beeilen mussten?

»Hör mal, ich weiß, dass du am Ende bist. Also lass mich den Baum suchen, und du bleibst hier, bis ich ihn gefunden habe!« Ich biss mir auf die Lippen. Wieder hatte ich ihn angeschnauzt, obwohl er ja nichts dafür konnte, dass er krank war. Aber wieso musste er sich auch ausgerechnet jetzt erkälten? Er lebte doch schon viel länger als ich in der Wildnis, mit Kälte und Nässe und dem ganzen Programm.

»Aber schau doch!« Lupo wies auf einen Erdhügel. Er lag ein Stück links von uns, eingebettet in eine kleine Bodensenke, und war fast vollständig von Gestrüpp überwuchert. Ich war daran vorbeigelaufen, weil ich mich immer auf den Kompass konzentriert hatte.

»Das ist doch einer von den alten Bunkern, noch aus dem Krieg. Vielleicht können wir uns da eine Weile verstecken.« Lupos Stimme klang fast flehend. Ich wusste, dass er keinen Meter weiter konnte. Und ich wusste, dass es ein Fehler war, jetzt anzuhalten. Aber wir hatten keine Wahl.

Der Eingang des Bunkers lag auf der anderen Seite. Er war aus rötlichen Backsteinen gemauert, von denen einige herausgebrochen waren, und die Tür fehlte ganz. Das Dach, das aus einer dicken Betonplatte bestand, war von einer Erdschicht bedeckt, und neben Brombeeren und Brennnesseln wuchsen sogar mehrere kleine schiefe Bäume darauf.

Um den Bunker herum wucherten Brennnesseln, sodass er leicht zu übersehen und aus der Ferne kaum zu erkennen war. Ich bog die Brennnesseln am Eingang vorsichtig zur Seite und zog Lupo am Ärmel ins Innere.

Der Bunker war ein ganzes Stück größer und höher als Selmas Höhle und durch die Türöffnung fiel etwas Tageslicht herein. Wenigstens lauerte hier keine Wölfin, die ihn sich als Geburtshöhle für ihre Jungen ausgesucht hatte. Lupo streckte sich aus und schloss die Augen. Selbst im Halbdunkel war sein Gesicht blass und die Haut schimmerte fast durchsichtig. Wenn wir bloß etwas zu essen gehabt hätten. Wenn wenigstens Siri und Bo in der Nähe gewesen wären. Sie hatten vielleicht Beute gemacht und würden uns etwas davon abgeben. Selbst wenn es wieder rohes Ekelfleisch war – jetzt hätte ich es verschlungen.

Ich ging nach draußen und kletterte auf das Dach des Bunkers. Wie von selbst formten meine Hände einen Trichter um den Mund und ich legte den Kopf in den Nacken und heulte, wie ich es bei Lupo und den Wölfen so oft gehört hatte. Aber aus meinem Mund klang das Heulen seltsam heiser, mehr wie ein Jaulen, und es ähnelte kaum dem klagenden, lang gezogenen Heulen von Siri und Bo. Mit dieser schlechten Kopie lockte ich keine Menschenseele an, und noch viel weniger einen Wolf!

Ich versuchte es gleich noch einmal, doch dieses Mal lauter und ein wenig tiefer. Wieder wartete ich. Nichts. Enttäuscht sprang ich zurück auf den Boden und legte mich zu Lupo und den Welpen in den Bunker. Siri und Bo antworteten mir nicht. Und ich hatte mir eingebildet, ein Mitglied ihrer Familie zu sein.

Das Prasseln des Regens deprimierte mich nur noch mehr. Gleichzeitig machte es mich nervös, denn es überdeckte alle anderen Geräusche. Hatten Siri und Bo mein Heulen deshalb nicht gehört? Plötzlich schoss ein Wolf zum Eingang herein. Ich erkannte Siris Schlappohr. Im gleichen Moment stürzte sie sich schon auf mich und leckte mir das Gesicht. Ich umarmte sie und drückte ihr einen Kuss auf die Schnauze. Sie hatte mein Heulen also sehr wohl erkannt. Wie hatte ich ihren Geruch vermisst und ihr störrisches Fell!

An Siris Hals fühlte ich etwas Dickes, Hartes. Ich schob sie ein Stück weg, damit ich nachsehen konnte. Doch da war sie schon bei Lupo und den Welpen, und noch bevor sie Lupo begrüßte, schleckte sie Paco und Malka vorsichtig ab.

»Und sie ist doch eine richtig gute große Schwester«, flüsterte Lupo.

Ich nickte. »Sie hat etwas am Hals.«

»Ich hab auch etwas am Hals!« Lupo grinste schief. Er schluckte mühsam und Schweißperlen glänzten auf seiner Stirn, obwohl er sich gar nicht bewegt hatte. Er musste hohes Fieber haben.

Siri wälzte sich auf dem Rücken und rieb sich, als versuchte sie, etwas loszuwerden. Ich näherte mich vorsichtig von der Seite und streckte ganz langsam meine Hand nach ihr aus.

»Vorsicht«, flüsterte Lupo, »fass sie nicht am Hals an, das kann sie nicht leiden!«

»Ich weiß schon: Kein Wolf lässt sich gern an den Hals fassen. Ist seine verwundbarste Stelle«, sagte ich und dankte Ferdi-Nerdi innerlich für seine Wolfsmanie.

Lupo zog erstaunt eine Augenbraue hoch, während Siri jede noch so kleine Bewegung meiner Hand beobachtete. Sie knurrte leise, von ganz unten aus ihrer Kehle. Ich hielt die Luft an und tastete behutsam nach dem Metallkästchen, das ihr an einem Lederband um den Hals hing. Das Band war fest verschlossen, ich bekam es nicht auf. Und es ließ sich auch nicht über Siris Kopf ziehen. Siri winselte jetzt, offenbar hatte sie verstanden, dass ich ihr helfen wollte, das lästige Ding loszuwerden.

»Ein Peilsender«, flüsterte Lupo.

»Du meinst, jemand hat sie betäubt und ihr das Ding umgelegt? Damit er sie überall orten kann?«

»Vielleicht die Tussi aus der Hütte.«

»Teresa. Sie heißt Teresa und sie ist Wolfsforscherin. Nicht Tussi!«

»Meinetwegen ist sie eben Wolfsforscherin. Was hat sie schon getan für die Wölfe? Hat sie vielleicht Selma gerettet? Außerdem weiß sie bald, wo wir sind, wenn wir das Ding nicht loswerden!«

»Soll ich dir mal was sagen? Das wäre mir immer noch tausendmal lieber, als wenn dein Stiefvater hier aufkreuzt!«

Lupo antwortete nicht. Er hatte die Augen wieder geschlossen und seine Lunge rasselte inzwischen bei jedem Atemzug. Vielleicht half es, wenn ich seine Brust massierte. Oma Hilde, Karlas Mutter, schwor doch auf Klopfmassage bei ihrer »bösen Bronchitis«. Jetzt ärgerte ich mich, dass ich sie nicht gefragt hatte, wo man klopfte – und wie. Also strich und klopfte ich einfach von unten nach oben Lupos Brustkorb ab, um den Schleim aus seiner Lunge zu lösen.

Noch vor zwei Tagen wäre ich schon bei dem Gedanken rot geworden, Lupo das T-Shirt hochzuziehen und ihn zu berühren. Doch jetzt hatte ich nur noch Angst um ihn. Wenn ich mit den Händen über seinen schmalen Brustkorb fuhr, fühlte ich jeden Knochen, und wie bei Selma zeichneten sich die einzelnen Rippen unter seiner Haut ab. So abgemagert wie Lupo war, hatte er doch keine Chance gegen diese Lungenentzündung oder was auch immer er sich eingefangen hatte.

Und noch etwas anderes machte mir Sorgen: Siri benahm sich nach der ersten überschwänglichen Begrüßung merkwürdig und ich hatte den Eindruck, dass ihr verändertes Verhalten mit Lupo zusammenhing. Die Welpen stießen alle paar Sekunden gegen ihr Maul und bettelten nach Futter. Doch Siri schubste ihre Geschwister nur weg und schlich ständig um Lupo herum und versuchte, mich von ihm fortzudrängen. Sobald ich meine Hände von seiner Brust nahm, knurrte sie ihn sogar an. Was passte ihr nicht? Dass er krank war?

Lupo glühte, obwohl ich ihm die Waden abwechselnd mit seinem Ekeltuch kühlte, das ich alle paar Minuten nach draußen in den Regen legte. Er reagierte kaum noch, wenn ich ihn ansprach. Aus lauter Verzweiflung schüttelte ich ihn ziemlich grob an der Schulter.

»Hi«, flüsterte er.

»Hi«, flüsterte ich nicht eben geistreich zurück. Aber mir fiel nichts anderes mehr ein. Wenn ich hier noch länger untätig herumsaß, würde Lupo sterben, und ich war schuld, weil ich nichts unternommen hatte.

Ich beugte mich zu Lupo hinunter, fasste ihn unter den Achseln und zog ihn weiter ins Innere des Bunkers. Siri trippelte neben mir her und gab gefährlich klingende Laute von sich – etwas zwischen rrrrhhhh und grrrr, das ich noch nie von ihr gehört hatte.

»Schön dunkel hier«, flüsterte Lupo.

Ja, und nicht nur das: Es stank auch schlimmer als weiter vorn. Modrig. Faulig. Und nach Urin. Aber Lupo war hier hinten besser vor der Kälte und der Nässe geschützt. Außerdem würde Kosvik ihn nicht so leicht entdecken, falls er am Bunker vorbeikam.

Paco und Malka kuschelten sich an Lupo, der heiß wie ein aufgedrehter Heizkörper war.

»Ich hole Hilfe«, sagte ich und beugte mich über ihn.

»Keine Polizei … keinen Arzt … ich geh nicht zurück zu diesem …« Sein Ellenbogen stieß mir hart ins Gesicht.

Klar, wenn ich jetzt loszog, verriet ich am Ende auch Lupo

und er konnte die Wölfe nicht länger schützen. Sobald er wieder gesund war, würde ihn eine freundliche Frau vom Jugendamt ausquetschen. Er würde definitiv nicht freundlich antworten und sie steckten ihn in ein Heim für »schwer erziehbare Jugendliche«. Oder, wenn es ganz blöd lief und keiner uns glaubte, würde man ihn zurück zu Kosvik schicken.

»Dein Stiefvater kommt ins Gefängnis, ganz sicher«, versuchte ich, Lupo zu beruhigen, mich selbst zu beruhigen. »Wir sind drei, die gegen ihn aussagen: du, ich und Teresa.«

Wobei wir keinen einzigen Beweis gegen ihn hatten. Und wer würde Lupo und mir glauben? Wie viele würden dagegen zu Kosvik halten? Auf jeden Fall Nico und einige der Bauern. Außer Teresa hatte ich jedenfalls niemanden kennengelernt, der sich für die Rückkehr der Wölfe nach Deutschland aussprach.

Lupo griff nach meinem Arm und zog mich zu sich herunter. »Bleib bei mir, Lou!«

Noch nie hatte er mich Lou genannt und von Neuem prickelte es in meinem Bauch, in meinem ganzen Körper – noch stärker als bei unserem Abschied gestern. Ich spürte Lupos trockene, vom Fieber aufgerissene Lippen auf meiner Wange, an meinem Hals. Und dieses Mal schmiegte ich mich an ihn und schloss meine Arme um seinen Nacken. »Ich lasse dich nicht im Stich! Wir finden eine Lösung. Für dich. Und für die Wölfe.«

Paco drängte sich zwischen uns und kroch auf Lupos Brust, wo er sich niederlegte und uns angähnte. Lupo lachte schwach und sofort schüttelte ihn der nächste Hustenkrampf. Ich setzte Paco sanft auf die Seite und half Lupo, sich aufzusetzen. Er sog die Luft mit scharfem Pfeifen ein und ich klopfte und klopfte auf seinen Rücken, bis der Husten endlich nachließ. Erschöpft sank Lupo zurück auf den Boden.

»Du musst dich ausruhen und versuchen zu schlafen. Ich bin bald zurück. Hier, ich lege einen Stock neben dich. Vielleicht brauchst du ihn, um Siri von dir fernzuhalten.«

Lupo antwortete nicht. Wahrscheinlich fehlte ihm sogar die Kraft, um den Stock zu halten. Ich holte einige Blätter von draußen und ließ das Regenwasser, das sich darauf gesammelt hatte, auf Lupos Mund tropfen. Lupo hielt die Augen geschlossen, aber er leckte sich das Wasser von den Lippen und schluckte.

Als ich aus dem Bunker trat, erhob Siri sich knurrend, und ich erwartete schon, dass sie Lupo wieder bedrängen wollte. Doch sie folgte mir nach draußen und schrubbte mit dem Peilsender an den Steinen des Eingangs entlang, hin und her. Das Metallkästchen knirschte, es störte sie, machte sie wahnsinnig. Plötzlich hatte ich eine Idee.

»Siri, ich mach dir den Sender ab, gleich bist du ihn los«, wisperte ich und näherte mich ihr langsam. Siris Kopf fuhr herum und sie schnappte nach mir. Ich hielt inne und versuchte, ruhig zu bleiben. Siri braucht eine strenge Hand, hatte Lupo einmal gesagt. Sie muss wissen, wer der Chef ist, immer!

Ich fletschte die Zähne. Siri wandte den Kopf ab und hechelte. Fast kam sie mir verlegen vor, als ob ich sie bei einem Halbstarken-Unsinn ertappt hätte. Ganz ruhig streckte ich meine Hände nach ihr aus. Warum mussten diese Peilsender ausgerechnet am Hals befestigt sein? Wer hatte schon jedes Mal

Betäubungspfeile zur Hand, wenn er einem Wolf einen Sender abnahm.

»Ich bin der Chef hier«, sagte ich mit fester Stimme, während ich mit den Händen durch ihr dichtes Fell fuhr und den Verschluss suchte. Siri hielt den Kopf ruhig und knurrte nicht mehr. Endlich ertastete ich den Sender. Ich zog am Lederende, das Band öffnete sich und ich nahm ihr das Kästchen ab.

»Gib's zu, du bist froh, dass das Ding endlich ab ist«, herrschte ich sie an, obwohl es mir leidtat, dass ich so unfreundlich zu ihr sein musste. Sie winselte und verschwand unter einem Strauch, wo sie sich zusammenrollte und die Augen schloss.

Ich schnallte Lupo den Sender um den Oberarm. Wenn Teresa die Bewegungsmeldungen des Peilsenders regelmäßig auswertete, würde sie stutzig werden, weil der Wolf sich so lange nicht von der Stelle rührte. Sie würde sich Sorgen machen, dass wieder ein Wolf erschossen worden war. Und vielleicht würde sie sich aufmachen, um ihn zu suchen. Ich hoffte, dass mein Plan aufging. Und dass Siri Lupo in Ruhe ließ. Dann brach ich auf.

Schon nach kurzer Zeit tauchte die krumme Wetterfichte auf, die alle anderen Bäume überragte und die ich vor ein paar Stunden so verzweifelt mit dem Kompass gesucht hatte. Ihre langen zerzausten Äste hätten uns kaum vor dem Regen geschützt und noch weniger als gutes Versteck dienen können. Zum Glück hatte Lupo den Bunker entdeckt.

Ich redete meinen Füßen gut zu, dass sie noch ein bisschen durchhalten sollten. Mit wem hätte ich auch sonst reden sollen? Und ich musste reden, um mich in Schwung zu halten, um mir

Mut zu machen, dass irgendwo in der Nähe doch Menschen lebten. Menschen, die hoffentlich Deutsch verstanden und nur darauf warteten, einer völlig verdreckten, übermüdeten Vierzehnjährigen zu helfen, die zerrissene Klamotten trug und von Lungenentzündung, Krankenhaus, Wölfen und Wilderern faselte. Ich konnte froh sein, wenn sie mich nicht sofort in die nächste Klapse einwiesen.

Ich war so in Gedanken, dass ich das Knattern ausblendete. Erst als es immer lauter wurde, begriff ich, dass ein Hubschrauber in der Nähe sein musste. Sie suchten also doch noch nach mir! Ich lief dem Knattern entgegen, auch wenn ich den Hubschrauber noch gar nicht sehen konnte. Bis zum Bunker rannte ich zurück und kletterte auf das Dach. Der Hubschrauber flog langsam und sehr tief den Flusslauf entlang. Sie befürchteten wohl, dass ich ertrunken war.

»Hey! Hier!« Ich wedelte mit den Armen, schrie mir die Kehle aus dem Hals, sprang auf und ab. Der Hubschrauber wendete und flog flussabwärts. Schaute denn keiner der Piloten nach rechts oder links? Warum steuerten sie nicht in unsere Richtung? Selbst wenn sie mich zwischen dem Gestrüpp nicht entdeckten, würde die Wärmebildkamera mich doch mühelos aufspüren. Sie mussten verdammt noch mal hierherkommen!

»Hey, wir sind hier drüben!«

Wie in Zeitlupe drehte der Hubschrauber auf der Stelle, bis er knatternd und brummend mit der gläsernen Front zu uns stand. Ohne Zweifel, die Polizisten hatten mich endlich gesehen und wollten jetzt auf der polnischen Uferseite landen.

Ich wedelte weiter mit den Armen, schrie mich heiser und war einfach nur unglaublich erleichtert, dass endlich Hilfe kam. Aber dann wendete der Hubschrauber noch einmal, sodass das Cockpit in die entgegengesetzte Richtung zeigte. Das Knattern wurde lauter und langsam flog er los – weg von uns, westwärts. Wie beim ersten Mal, als Lupo mich festgehalten hatte, musste ich zusehen, wie der Hubschrauber immer kleiner wurde und zuletzt nur noch ein winziger schwarzer Punkt am Horizont war.

So oft in den letzten Tagen war ich überzeugt gewesen, dass es keinen Ausweg mehr gab. Aber nie hatte ich mich so hoffnungslos gefühlt wie in diesen Minuten. Ich kletterte durch das stachlige Brombeergestrüpp und die Brennnesseln zurück auf den Boden. Siri war verschwunden. Sicher war sie vor dem Hubschrauber geflohen. Paco und Malka tapsten auf mich zu, voller Hoffnung, dass ich etwas Leckeres für sie mitgebracht hatte. Sie mussten gigantischen Hunger haben, und ich konnte ihnen wieder nichts geben. Ich streichelte die Welpen und setzte sie in den Bunker zurück. Nach Lupo schaute ich nicht, aus lauter Angst, dass er schon nicht mehr atmete. Am liebsten hätte ich mich neben ihn gelegt und wäre nie mehr aufgestanden.

Warum war es jedes Mal stockfinster, wenn ich allein unterwegs war? Mein Herz pochte wie in der Nacht, als ich vor Bo auf den Baum geflüchtet war. Nur dass ich mir dieses Mal mehr als alles andere wünschte, Bo an meiner Seite zu haben. Bei uns zu Hause im Waldauer Forst wären mir in den letzten Stunden mindestens zwei knutschende Pärchen, eine Horde grölender Jungs und unzählige Hunde mit ihren Frauchen begegnet, getoppt von Stirnlampen-Mountainbikern und Joggern mit Reflektorjacke. Ich hätte mir von einem Hundefrauchen das Handy geliehen, den Notarzt gerufen, und Lupo wäre längst auf dem Weg in ein freundliches modernes Krankenhaus mit Zweibettzimmer, Ärzteteam und einer satten Ladung Antibiotika.

So aber würde Lupo sterben. Wenn er nicht schon tot war. Weil ich nicht rechtzeitig Hilfe geholt hatte. Weil ich auf irgendeiner Wiese zusammengebrochen war.

Der Boden unter meinen Füßen schwankte. Ich blieb stehen und wagte mich weder vor noch zurück. Bitte jetzt nicht auch noch ein Erdbeben! Ich bückte mich, legte sogar prüfend die Hand auf den Boden. Aber ich spürte nichts. Als ich mich wieder aufrichtete, stand ich mir selbst gegenüber. Vor mir stand Louisa Stark! Mit ihren zerrissenen Klamotten, den verfilzten Haaren, dem dreckigen Gesicht. Als ob ein Teil von mir meinen Körper verlassen hätte und meine Hülle zurückgeblieben wäre. Jemand wimmerte. War ich das? Was passierte mit mir? Ich kniff die Augen zusammen. Du spinnst, du spinnst, du spinnst …

Nach einer Zeit, die mir wie eine Ewigkeit vorkam, wagte ich es und öffnete meine Augen wieder. Das seltsame Schwanken war vorbei und ich sah mich zum Glück auch nicht mehr selbst. Dafür befand ich mich vor einem Zaun aus dünnen Metalldrähten, den ich zuvor gar nicht bemerkt hatte. Ein Warnschild mit einem gelben Blitzzeichen baumelte an dem Draht. Der Elektrozaun einer Weide. Und dahinter schnaufte etwas. Mächtige Schatten schwankten auf mich zu und stoppten am Zaun. Drei Kühe schauten mich aus ihren großen runden Augen an. Am liebsten hätte ich jeder von ihnen einen Kuss auf die Stirn gedrückt, so erleichtert war ich. Wenn es eine Weide mit Kühen gab, musste auch ein Bauernhof in der Nähe sein.

In der Dunkelheit, weit hinter den Kühen, blitzte ein Licht auf. Es zuckte unregelmäßig auf und ab und wurde allmählich größer. Ein Motor knatterte und stotterte, noch weit entfernt. Kein Auto, eher ein Moped. Und es fuhr offenbar direkt in meine Richtung.

Von einer Sekunde auf die andere war ich so wach, als ob ich den Elektrozaun berührt hätte. Ich stolperte den Zaun entlang, bis er einen scharfen Knick hin zur Straße machte. Das Motorengeräusch war jetzt ganz nah. Dann bremste das Moped, und das Licht des Scheinwerfers zog in einem Bogen von links nach rechts vor mir vorbei und verschwand. Auch das Knattern wurde leiser, und kurz darauf war es schon nicht mehr zu hören.

»Halt! Anhalten!«

Ich schrie, brachte aber kaum mehr einen Ton heraus, und die letzten Meter bis zum Straßenrand kroch ich auf allen vieren. Mit weit ausgebreiteten Armen legte ich mich mitten auf die nasse Straße. Wenn ich schon das Moped verloren hatte – diese Straße durfte ich unter keinen Umständen mehr verlieren.

Als ich die Augen wieder aufschlug, wusste ich nicht, wie viel Zeit vergangen war. Ich lag noch immer in der Mitte der Fahrbahn – ein Wunder, dass mich in der Zwischenzeit kein Auto überfahren hatte. Mein Rücken und meine Hüfte schmerzten und ich sah alles um mich herum seltsam verschwommen. Je stärker ich blinzelte, umso dichter wurde der Schleier vor meinen Augen. Ich brauchte ewig, bis ich es schaffte, wieder aufzustehen. Und bis ich begriff: Nebel war aufgezogen, ein dichter feuchter Morgennebel.

Ich folgte der Straße in die Richtung, in die das Moped gefahren war. Eine Weile schaffte ich es, wieder zu gehen, dann kroch ich nur noch auf Knien und Händen den Seitenstreifen vorwärts. Längst hoffte ich nicht mehr auf ein Auto, das zufällig vorbeikam. Wer fuhr schon nachts durch diese verlassene Gegend? Ich kam immer langsamer voran, aber der Gedanke an Lupo trieb mich jedes Mal an, wenn ich glaubte, endgültig nicht mehr weiterzukönnen.

Irgendwann machte die Straße ein paar Meter vor mir eine scharfe Kurve und ich nahm mir vor, noch um die Biegung zu sehen und dann eine Pause zu machen. In den letzten Minuten hatte, zuerst fast unmerklich, der Boden unter mir wieder zu schwanken begonnen, und ich fühlte mich fremd und unwirklich in meinem eigenen Körper.

Am Ende der Biegung tauchten aus dem Nebel die Umrisse von Häusern am Straßenrand auf. Zuerst begriff ich gar nicht, was ich sah. Dann glaubte ich an eine Fata Morgana. Aber je näher ich kam, umso deutlicher erkannte ich, dass dort tatsächlich ein Dorf lag.

Ich rappelte mich hoch, schleppte mich an einem alten Leiterwagen mit Fässern vorbei und passierte einen verwitterten Holzzaun mit abgebrochenen Latten. Still und dunkel lagen die Häuser da, aus keinem Fenster drang ein Licht. Sicher schliefen die Bewohner noch. Aber das war mir egal. Ich erreichte das erste Haus und war fest entschlossen, so lange dort an der Tür zu klopfen und zu rufen, bis mir jemand öffnete.

Das Gartentor war nur angelehnt. Ich drückte dagegen und schluckte meine Angst hinunter, dass die Bewohner mir nicht aufmachen würden. Dass niemand in dem Haus lebte. Dass das Haus ein Geisterhaus und das ganze Dorf ein Geisterdorf war.

Auf wackligen Trittsteinen durchquerte ich den Vorgarten bis zur Haustür. Es gab weder eine Klingel noch ein Namensschild. Ich hob die Hand, zögerte einen Moment und klopfte. Nichts rührte sich. Ich klopfte lauter. Schlurfende Schritte näherten sich. Und die Tür ging einen Spaltbreit auf. Ich hielt die Luft an, trat einen Meter zurück. Die Tür öffnete sich weiter und eine gebückte alte Frau trat aus dem Inneren. Sie hielt eine Laterne in der Hand, die ihr runzliges Gesicht beleuchtete.

»Hilfe, ich brauche Hilfe! Polizei! Arzt! Krankenhaus!«

Die alte Frau lächelte mich mit ihrem zahnlosen Mund an.

»Nie ma policji, nie ma«, krächzte sie beruhigend. Offenbar glaubte sie, ich wolle nicht, dass sie die Polizei rief.

Sie winkte mir und ich folgte ihr in eine große Küche. Auf einem Tisch stellte sie die Laterne ab und bedeutete mir, mich auf die Bank in der Ecke zu setzen. Sie nahm einige Holzscheite aus einem Korb und legte sie auf das Feuer im Herd. Darauf schob sie einen hohen Topf, in den sie Milch und Getreideflocken schüttete. Während sie mit einem langen Holzlöffel rührte, drehte sie sich immer wieder zu mir um und redete auf mich ein.

»Telefon! Ich muss telefonieren, bitte!«

»Telefonu nie ma«, sagte sie wieder.

Hätte ich mir denken können. Vermutlich hatte sie gar kein Telefon. Ich sprang auf.

»Ich muss aber telefonieren. Sofort!«, schrie ich sie an.

Die Alte nahm einen hölzernen Teller von der Wand, füllte in aller Ruhe etwas aus dem dampfenden großen Topf hinein und hielt ihn mir entgegen. Ich löffelte den warmen Brei im Stehen, verbrannte mir den Mund, weil ich nicht warten konnte. Der Brei schmeckte süß und schwer, nach Haferflocken, Zimt und Milch. Nach jedem Löffel wiederholte ich: »Polizei! Telefon!«

Aber die Alte füllte nur meinen Teller nach.

»Danke«, murmelte ich, drückte ihr den halb vollen Teller in die Hand und ging zur Tür. Wenn ich hier nicht weiterkam, dann musste ich es eben im nächsten Haus versuchen.

Im Flur prallte ich mit einem Mann zusammen. Er trat einen Schritt zurück und blickte mich überrascht an. Die Alte kam dazu und sagte etwas.

»Bitte, ich brauche einen Arzt! Polizei! Mein Freund stirbt sonst«, flüsterte ich, den Tränen nahe.

Der Mann, vermutlich war er der Sohn der Alten, strich sich nachdenklich über seinen Schnäuzer.

»Was ist passiert?«, fragte er mit einem harten Akzent. Aber er sprach Deutsch! Endlich!

Ich erzählte von Lupo, dass wir zu ihm mussten, ihn ins Krankenhaus bringen, dass jede Minute zählte.

Der Mann musterte mich durchdringend. Glaubte er mir nicht? Er verschwand auf einer schmalen Treppe nach oben und die Alte legte mir eine Decke um die Schultern.

»Komme gleich«, rief er aus dem ersten Stock. Ein ganzer Felsen fiel mir vom Herzen. Er würde mir helfen! Schon polterte er die Treppe herunter, warf sich eine Jacke über und zog mich mit nach draußen.

Es war bereits hell und der Nebel hatte sich aufgelöst. Hinter dem Haus stand ein alter rostiger Pick-up. Der Mann öffnete die Fahrertür, stieg in den Wagen und drückte die Beifahrertür auf.

»Steig ein«, rief er und winkte.

Ich kletterte auf den Beifahrersitz.

»Übrigens, ich bin Marek.« Er zog ein Tütchen Tabak aus seiner Hemdtasche und drehte sich eine Zigarette.

»Lou … und vielen Dank, dass Sie uns helfen.«

Marek nickte und stieg noch einmal aus. Er packte eine große Plastikplane auf die Ladefläche und legte ein Gewehr auf den Rücksitz. Anscheinend trug auch hier in der Gegend jeder ständig ein Gewehr bei sich.

»Wegen der Wölfe, du weißt, Gefahr«, sagte er, als er meinen Blick sah. Die Menschen in Polen hatten also dieselben Vorurteile wie auf der anderen Seite des Flusses. Wie sollte ich diesem Marek begreiflich machen, dass die Wölfe meine besten Freunde, meine neue Familie waren?

Marek lenkte den Wagen auf die Straße und fuhr den Weg zurück bis zur Weide. Wir brauchten keine fünf Minuten.

»Hier war es, hier bin ich auf die Straße gekommen.«

»Gut«, sagte er, und schon holperten und schaukelten wir am Elektrozaun entlang. Wie viel mühsamer war der Weg zu Fuß gewesen und wie gut ging es mir jetzt, in einem Auto, in Sicherheit! Wenn nur Lupo noch lebte! Wenn nur den Wölfen nichts passiert war! Ich beschrieb Marek den alten Schutzbunker. Und dann nahm ich meinen ganzen Mut zusammen.

»Bitte, tun Sie den Wölfen nichts!«

»Wölfe?« Marek horchte auf.

»Zwei Welpen, ja, und vielleicht auch ihre große Schwester. Sie passt auf die Kleinen auf und versorgt sie, weil die Eltern erschossen worden sind. Von einem Wilderer.«

Ich sah Marek von der Seite an. Er starrte mit ausdrucksloser Miene geradeaus auf die Straße. Hatte er meine Worte verstanden? Schließlich drückte er die Zigarette aus und griff nach seinem Handy, das schon die ganze Zeit auf der Ablagefläche neben dem Lenkrad hin und her rutschte. Doch fahren und telefonieren gleichzeitig schaffte auch Marek nicht. Wir hüpften auf unseren Sitzen auf und ab und Marek fluchte die ganze Zeit über. Zumindest glaubte ich das, denn er wetterte auf Polnisch vor sich hin. Der Boden war aufgeweicht vom Regen. Alle paar Meter blieben wir im Matsch stecken, und Marek musste zurücksetzen und mit Schwung wieder vor, damit wir überhaupt weiterkamen.

»Ich kann auch bei der Polizei anrufen«, bot ich ihm an, als er das Handy entnervt zurück in die Ablage pfefferte.

»Nein!«, fuhr er mich an und bremste so scharf, dass mein Oberkörper nach vorn flog und der Gurt in meine Schulter und Brust schnitt. Er nahm das Handy und sprang aus dem Wagen. »Du sitzt!«

Wahrscheinlich meinte er, dass ich sitzen bleiben sollte. Er tippte in sein Handy, redete, gestikulierte mit der anderen Hand. Dann drehte er sich zu mir um und grinste. Hier lief etwas komplett schief. Er lachte mir nicht mehr freundlich zu wie am Anfang, sondern er lachte über mich, und es war ein böses Lachen. Ich verstand nicht, was in ihm vorging und warum er sich anders benahm als zuvor. Von Sekunde zu Sekunde fühlte ich mich unbehaglicher. Ich hatte ihm vertraut, ohne ihn zu kennen. Vielleicht wegen seiner Mutter, die so gutmütig gewirkt hatte. Oder hatte auch sie mir nur etwas vorgespielt? Mir grauste vor Marek, vor seinem falschen Lachen, seinem Gewehr und dem eisigen Blick. Wie dämlich von mir, in sein Auto zu steigen und mit ihm in dieser verlassenen Pampa herumzukurven!

Ich legte die Finger an den Türöffner und zog daran. Die Tür klappte auf und ich sprang aus dem Wagen. Aber da stand Marek schon vor mir, packte mich und drängte mich zurück auf den Sitz. »Du sitzt!«

»Ich will raus hier! Loslassen!«, schrie ich. Aber wer hörte das in dieser Einöde schon? Nur ein paar Vögel flatterten erschrocken aus den Büschen.

Wir holperten an der Wetterfichte vorbei. An dieser Stelle hatte ich gestern den Hubschrauber gehört und war zum Bunker zurückgelaufen. Und hier begann der Wald mit den seltsamen kleinen Bäumen, die zwar weit auseinanderstanden, aber für ein Auto nicht weit genug. Fluchend stellte Marek den Motor ab und zerrte mich aus dem Pick-up. Er öffnete den Kofferraum, zog mehrere leere Säcke heraus und packte sie in einen großen Rucksack, den er sich auf den Rücken schnallte. Dann holte er das Gewehr aus dem Wagen. Was hatte er bloß vor?

Marek scheuchte mich vor sich her, das Gewehr in der Hand. Er war nett gewesen. Bis ich die Wölfe erwähnt hatte. Die Wölfe … Kosvik … der Jutesack auf seinem Wagen … Marek hatte ebensolche Säcke dabei, wie Kosvik sie für seine Wilderei benutzte. Aber das bedeutete doch … auch Marek jagte Wölfe! Und ich hatte ihm auch noch verraten, wo er sie finden konnte! Auf keinen Fall durfte ich Marek den Weg zum Bunker zeigen. Die Welpen würden sicherlich noch immer bei Lupo liegen, und vielleicht auch Siri. Kannte Marek den Weg zum Bunker? Kapierte er, dass ich ihn austrickste, wenn ich eine andere Richtung einschlug?

Ich ging möglichst langsam, blieb alle paar Meter stehen und schaute mich um, als wüsste ich nicht, wohin. Das Einzige, was mir jetzt noch helfen konnte, war ein Wunder. Wenn, dann musste es sofort passieren.

»Schneller!«

Ich spürte den Gewehrlauf im Rücken. Marek durchschaute sehr wohl, dass ich trödelte. Und ein Wunder war nicht in Sicht.

»Warum töten Sie Wölfe?« Ich drehte mich abrupt um und blickte Marek in die Augen. Er stoppte knapp vor mir und starrte mich verdutzt an.

»Muss sein. Sie töten die Tiere ... Schafe, Hirsch, Kuh ... alles! Sie töten Menschen. Werden immer mehr jedes Jahr, kommen in unsere Dörfer ...«

Er fuchtelte mit dem Gewehr in der Luft herum, als würde ein ganzes Rudel Wölfe wie ein Bienenschwarm über uns herfallen, aus den Wolken, aus den Bäumen, von überallher.

»Sichert die Weiden mit Elektrozäunen oder setzt Hütehunde ein. Wenn die aufpassen, passiert den Tieren auf der Weide nichts. Und dass Wölfe Menschen angreifen, das sind doch meistens bloß Horrorgeschichten. Vielleicht hat es das früher gegeben, wegen der Tollwut. Aber das ist doch ewig her!«

Marek zog eine Augenbraue hoch. Er schien nachzudenken. Offenbar hatte er nicht damit gerechnet, dass ich mich auskannte und es wagte, mich ihm entgegenzustellen.

»Klar, wenn man Wölfe füttert, wird es gefährlich. Weil sie ihre Scheu vor den Menschen verlieren ...« Funktionierte etwa meine Taktik, Marek aufzuhalten? Sein Gesicht entspannte sich zusehends und jetzt grinste er sogar und nickte mir zu. Ich hatte ihn tatsächlich überzeugt! Er grinste noch immer. Plötzlich wurde mir klar: Er meinte gar nicht mich, er grinste an mir vorbei. Im selben Moment packte mich jemand von hinten und hielt meine Arme fest.

»So sieht man sich wieder, Fräulein«, zischte mir eine Stimme ins Ohr. Kosvik drehte mich grob zu sich um und sah sehr zufrieden aus. »Wie dumm von dir, ausgerechnet Marek in die Arme zu laufen!«

Die beiden Männer lachten und klatschten sich gegenseitig ab, als ob sie ein wichtiges Spiel gewonnen hätten.

»Marek hat mich angerufen. Hat mir erzählt, dass er eine vorlaute deutsche Göre geschnappt hat, die von Wölfen quatscht. Hab gleich gewusst, das bist du.«

Kosvik kriegte sich gar nicht mehr ein vor Begeisterung, während die zwei mich auf den Bunker zuschubsten. Die Luft um mich herum flimmerte. Ich musste langsamer atmen. Ruhig – ein und aus, ein und aus. Ich entdeckte Siri nirgends. War sie weggelaufen oder hatte Kosvik sie schon getötet? Und was war mit Lupo?

»Wo ist dein kranker Freund?«, fragte Marek.

Kosvik horchte auf. »Was für ein Freund?«

Marek antwortete auf Polnisch.

»Na, dann mal los!« Kosvik wies zum Bunker hin. Paco und Malka jaulten. Ihre kleinen Köpfe erschienen am Eingang. Sicher hatten sie mich gerochen und meine Stimme erkannt. Sie tappten mit ihren weichen Pfoten auf meine Fußrücken und sprangen an mir hoch. Ich beugte mich zu ihnen hinunter und nahm sie auf den Arm. Sie schleckten mir stürmisch über Nase und Kinn.

»Schau, schau, da drin gibt's mehr als einen kranken Freund«, rief Kosvik und wieder lachten Marek und er schallend.

»Damit kommt ihr niemals durch! Wagt es nicht, ihnen etwas anzutun!« Kosviks Lachen gefror.

»Los jetzt, rein da!«

Die stickige Luft im Bunker nahm mir fast den Atem. »Lupo?«, flüsterte ich voller Angst und schlich in die hinterste Ecke. Dort lag er unter seinem Wolfsfell, an derselben Stelle, an der ich ihn zurückgelassen hatte. Er bewegte sich nicht mehr.

»Was ist jetzt?«, rief Kosvik hinter mir. Widerstrebend setzte ich die Welpen auf den Boden und ging in die Hocke. Ich streckte die Hand aus, ertastete zitternd Lupos feuchtes Wolfsfell, tastete weiter, nach Lupos Kopf. Mir stockte der Atem. Da lag nur noch sein Fell. Lupo war weg! Kosvik drückte mich zur Seite. Er hob das Fell in die Luft, fasste darunter.

»Noch warm. Weit kann der nicht sein. Marek! Such den Bastard. Der treibt sich draußen rum!« Sein Blick fiel wieder auf Paco und Malka, die sich an mich drängten und winselten. »Wo ist die Alte?«

»Sie haben sie erschossen! Aber nicht einmal tot bekommen Sie Selma, dafür haben wir gesorgt!« Meine Stimme überschlug sich.

»Der Bastard und du, was? Meint, mir alles vermasseln zu können! Ich bekomm verdammt noch mal ordentlich Kohle für so'n Vieh!«

»Und deshalb töten Sie die Wölfe? Und dass es verboten ist, interessiert Sie auch nicht?«

»Schlaues Mädchen! Das interessiert nicht mal die Polizei. Die sind mir sogar dankbar. Jeden Tag steht nämlich ein anderer Holzkopf da und jammert, dass seine Schafe gerissen werden!«

»Sie hetzen die Bauern auf! Sehen Sie sich die Welpen an – wie sollen sie ohne ihre Mutter überleben?«

»Gar nicht! Dafür sorg ich schon, verlass dich drauf!«

Kosvik griff nach den Welpen und stapfte aus dem Bunker.

Von hinten stürzte ich mich auf ihn, wollte ihm Paco und Malka entreißen. Kosvik trat aus und traf mich mit seinem Stiefel am Knie, sodass ich hinfiel. In diesem Augenblick heulte draußen ein Wolf, tief und sehr, sehr lange. Er konnte nicht weit sein, vielleicht sogar auf unserer Seite des Flusses. Ich rappelte mich hoch, stürmte nach draußen und stieß mit Marek zusammen. Er packte mich am Arm und ich schrie. Aber Marek hielt mir den Mund zu.

»Hast du den Dreckskerl gefunden?«, fragte Kosvik. Marek schüttelte den Kopf. Ich versuchte, ihn zu treten und um mich zu schlagen, und gleichzeitig musste ich mit ansehen, wie Paco und Malka jaulten und sich in Kosviks Schraubstockarmen wanden.

»Jetzt reicht's! Ich knall die Biester ab. Und vorher die Göre, als Henkersmahlzeit für die Wölfe. Und keine Spuren!«

Die Wölfe fressen mich nicht, niemals!, wollte ich Kosvik entgegenschreien. Aber an Mareks Pranke vorbei, die nach Motoröl stank, drangen nur ein paar dumpfe Laute.

Wieder heulte ein Wolf. Dieses Mal noch länger und lauter.

»Hörst du … Wolf? Muss ganz nah sein«, stammelte Marek und schaute sich um. Er erstarrte und rief Kosvik etwas zu. Im selben Augenblick jagte Siri zwischen den Bäumen hervor und auf die beiden Männer zu. Kosvik ließ mit einem Aufschrei die Welpen fallen und rannte los. Siri sprang ihm nach. Währenddessen stieß mich Marek zur Seite, schnappte sich sein Gewehr und zielte auf Siri. Aber da raste von der anderen Seite Bo heran. Er war sicher noch fünfzig Meter entfernt, doch Marek schleuderte das Gewehr weg, als er Bo erblickte, und hastete davon. Bo zögerte keine Sekunde und setzte Marek nach.

Ich schubste Paco und Malka in den Bunker und griff nach dem Gewehr. Von Kosvik, Marek und den Wölfen war nichts mehr zu sehen, aber ich hörte die Männer schreien. Ich musste ihnen nach, um Bo und Siri zu verteidigen, so wie sie mich und die Welpen verteidigt hatten. Und wenn es nicht anders ging, würde ich schießen.

Hinter mir raschelte es. Kosvik! Ich schloss die Augen, wartete auf den Knall, den reißenden Schmerz, wenn mich seine Kugel traf.

Du hast auch ein Gewehr! Drück doch ab, rief ich mir in Gedanken selbst zu, sonst tötet er dich! Außerdem hat er die Wölfe auf dem Gewissen, und Mister X!

Ich wollte mich umdrehen und den Arm heben. Aber da mischte sich die andere Stimme in meinem Kopf ein, die sich immer dann meldete, wenn ich sie am allerwenigsten gebrauchen konnte. Man darf niemanden umbringen, wisperte sie zaghaft, weil ich ihre Einwände meist nicht beachtete.

Er hat es aber verdient!, hielt ich ihr zornig entgegen. Kosvik war schließlich ein Verbrecher und ich wehrte mich doch bloß gegen ihn.

Wenn du ihm etwas antust, bist du auch nicht besser als er!, mischte sich die Vernunftstimme wieder ein, und jetzt war ihr Ton ungewöhnlich scharf. Und wenn er dich hätte töten wollen, hätte er es längst getan, während du hier mit mir diskutierst!

Da musste ich ihr ausnahmsweise zustimmen. Wieso hatte Kosvik nicht längst geschossen?

»Lou!«

Diese Stimme gehörte nicht Kosvik.

»Lou! Ich bin's!«

Ich blinzelte, sah an mir herunter. Mein Arm mit dem Gewehr baumelte neben mir wie ein Fremdkörper. Ich stand im Sand, noch immer an derselben Stelle. Ganz langsam drehte ich mich um.

Teresa stand zwischen den Bäumen. Und sie lächelte mich mit dem breitesten Lächeln an, das man sich vorstellen konnte. Wie war das möglich? Wo kam sie her? Meine Füße setzten sich von selbst in Bewegung. Wie ferngesteuert ging ich auf sie zu, streckte meine Hand nach ihr aus.

Teresa nahm mir das Gewehr aus der Hand, schloss ihre warmen Hände um meine, und bevor ich mich weiter wundern konnte, drückte sie mich an sich. »Wie siehst du nur aus«, murmelte sie und am liebsten hätte ich mich für immer in ihren Armen verkrochen. Aber die Angst um Lupo ließ mir keine Ruhe und ich fragte Teresa nach ihm. Sie zog die Stirn kraus und sah nachdenklich aus.

»Es geht ihm nicht besonders gut«, sagte sie schließlich.

Ich krallte mich an Teresas T-Shirt fest. Um mich herum drehte sich alles.

»Aber er wird wieder. Dank dir«, hörte ich ihre Stimme von weit weg. »Komm, ich bringe dich zu ihm!« Sie legte ihren Arm um meine Schulter und stützte mich. Ohne sie hätte ich keinen einzigen Schritt mehr geschafft.

»Der Peilsender an seinem Arm hat ihm das Leben gerettet. Ich wollte nach dem Wolf sehen, der sich nicht mehr bewegte. So habe ich Lupo geortet und Hilfe geholt. Wir haben ihn zum Flussufer gebracht, weil dort der Hubschrauber landen konnte.«

Ich konnte Teresa kaum noch zuhören. Lupo lebte und war in Sicherheit, das war mehr, als ich die ganze Zeit über zu hoffen gewagt hatte.

»Und was ist mit Siri und Bo? Jemand muss ihnen helfen – sie sind in die andere Richtung – Kosvik und Marek verfolgen sie und wollen sie töten!«

»Wir rufen sofort über Funk die Polizei. Sie werden sich um diese Verbrecher kümmern. Wenn Siri und Bo das nicht längst selbst erledigt haben«, sagte Teresa und auf der Stelle ging es mir etwas besser.

Paco und Malka folgten uns. Sie zwickten mich alle paar Meter ungestüm in die Waden. Sicher wollten sie mich erinnern, dass sie auch noch da waren und dass ich sie nicht noch einmal allein lassen sollte.

»Ihr habt sie durchgebracht, die beiden«, murmelte Teresa. Immer wieder betrachtete sie die Wölfe und schüttelte den Kopf, als ob sie nicht glauben konnte, dass sie lebten. Und zum ersten Mal seit langer Zeit war ich ein wenig stolz auf mich.

»Schaffst du das letzte Stück allein?«, fragte Teresa.

Ich nickte und sie ließ mich los und eilte auf die Sandbank zu. Tatsächlich war dort ein Hubschrauber gelandet und davor standen eine Ärztin und zwei Rettungssanitäter neben einer Trage. Ein Sanitäter hielt einen mit Flüssigkeit gefüllten Plastikbeutel in die Luft. Die Ärztin horchte Lupo gerade ab. Sie sah für einen Moment hoch, erblickte mich und schickte sofort einen der Sanitäter.

»Ich muss zu ihm!«

»Kein Problem, ich bringe dich hin«, sagte er freundlich und stützte mich auf den letzten Metern. »Langsam, schön langsam!«

Er hatte ja keine Ahnung, wie eilig ich es hatte. Für meinen Geschmack viel zu gemächlich führte mich der Sanitäter zur Trage, wo die Ärztin Lupo gerade eine Infusion am Handrücken legte. Lupo lag bewegungslos unter einer Wolldecke und war ganz weiß im Gesicht. Wieder wurde mir schwindlig.

»Lebt er?«, flüsterte ich.

Die Ärztin nickte. »Du kannst ruhig mit ihm sprechen.«

Aber was sollte ich zu ihm sagen? »Wie geht's dir?« kam mir viel zu neutral vor und »Ich habe solche Angst um dich gehabt« zu melodramatisch – obwohl es ja stimmte. Schließlich strich ich ihm einfach über die Haare und nahm seine Hand in meine.

Lupo öffnete die Augen und drehte langsam den Kopf in meine Richtung. Sein Mund verzog sich zu einem schmalen Lächeln und er drückte meine Hand ganz leicht. Meine Beine knickten ein und Teresa fing mich von hinten gerade noch auf. Oberpeinlich – kaum war ich bei Lupo, klappte ich zusammen. Die Sanitäter fuhren gleich die nächste Trage aus dem Hubschrauber und ich musste mich darauflegen.

»Mir geht's prima!«, protestierte ich.

»Das sehe ich«, erwiderte die Ärztin knapp, spritzte mir etwas in den Arm und redete dabei über Zuckerlösung und Flüssigkeit, die sie mir jetzt aus dem Tropf geben würde. Und da lag ich, neben Lupo, und das war das Schönste an der Sache: dass Lupo meine Hand hielt und sie nicht mehr losließ.

»Du musst später ganz langsam wieder anfangen, normal zu essen. Nicht alles in dich reinstopfen, nur kleine Mengen – auch wenn es dir schwerfällt. Sonst kriegst du fürchterliche Bauchschmerzen«, erklärte die Ärztin.

Ich nickte ergeben: Keine großen Mengen – ich konnte nur noch an Berge von Spaghetti und Pfannkuchen denken! Die Ärztin testete meine Reflexe und bewegte meine Gelenke. Mein Knöchel tat wieder weh. Aber sonst funktionierte alles.

Teresa hatte längst über Funk die polnische und die deutsche Polizei verständigt und durchgegeben, wo Kosvik und Marek sein mussten.

»Einmal mehr kannst du sehen, wie wichtig Wölfen ihre Familie ist«, sagte sie. »Bo hätte Siri, Lupo und dich niemals im Stich gelassen. Ein Heulen von Siri genügte, und er war zur Stelle. Siri und Bo haben nicht nur die Welpen beschützt, sondern auch dich, Lou!«

Teresa hatte recht. Ich war ein Teil dieser ungewöhnlichen Wolfsfamilie geworden, und das machte mich mehr als glücklich.

Als es mir besser ging, durfte ich aufstehen und Lupo, der schon schlief, wurde für den Transport ins Krankenhaus festgeschnallt. Ich nahm Paco und Malka zu mir, auf jedem Arm einen

Welpen. Und während Lupo in den Hubschrauber geschoben wurde, setzte ich mich abseits auf einen Stein und spielte ein letztes Mal mit ihnen. Teresa kam zu mir und beobachtete uns eine Weile.

»Du machst dir Sorgen um die zwei, nicht wahr?«

Ich wollte nicht weinen, aber ich konnte nichts dagegen tun. »Ich bringe sie zum Bunker«, murmelte ich nach einer Weile. »Siri wird dorthin zurückkehren und sich um ihre Geschwister kümmern. Du wirst sehen.«

Teresa sah mich streng an.

»Du läufst jetzt keinen Meter mehr. Jeden Moment wird die polnische Polizei da sein.«

»Ich will nicht mit der Poli…«

»Hör mir zu, Louisa: Sie fahren dich nur zur Grenze und übergeben dich dort den deutschen Kollegen.«

»Aber Paco und Malka …«

»Ich kümmere mich um sie. Und mach dir jetzt keine Sorgen mehr: Deine Wolfsfamilie werde ich nicht aus den Augen lassen. Und Lupo auch nicht!«

Wenn Teresa auf sie aufpasste, hatte ich keine Angst mehr um die Wölfe. Sirenen der Polizeiautos jaulten auf, zuerst noch weit entfernt. Doch sie wurden rasch lauter, nur unterbrochen vom Knattern des Hubschraubers, der gerade abhob.

Kurze Zeit später schossen drei grau-blaue Geländewagen mit Blaulicht und »Policja«-Schriftzug auf uns zu. Sie bremsten so scharf, dass der Sand unter ihren Rädern aufwirbelte. Wie beim Banküberfall in einem mittelprächtigen Fernsehkrimi sprangen mehrere Polizisten mit schwarzen Schutzwesten heraus. Einer von ihnen preschte geradewegs auf mich zu und schob mich auf den Rücksitz des ersten Geländewagens. Er stieg vor mir ein, bedeutete mir, mich anzuschnallen und startete im gleichen Moment schon den Motor. Ein anderer Polizist zerrte Teresa zum Eingang des Bunkers und redete auf sie ein. Die übrigen Beamten rannten in die Richtung, in die Kosvik und Marek geflohen waren.

Ich klopfte noch an die Scheibe, um mich von Teresa zu verabschieden. Aber da waren wir schon an ihr vorbeigebraust. Der Polizist sagte nicht viel, und das war auch gut so: Bei dem Fahrstil musste er topkonzentriert sein, um nicht die nächste Birke zu erwischen. Wieso hatte er es eigentlich so eilig? Was, wenn er nur ein weiterer Kumpan von Kosvik war, wie Marek oder dieser Nico, als Polizist getarnt, der mich entführen und kurzen Prozess mit mir machen sollte? Und hatte Kosvik nicht behauptet, die Polizei sei froh über seine Wilderei? Immer tiefer rutschte ich in meinen Sitz und machte mich schon bereit, aus dem Auto zu springen und wieder wegzulaufen. Aber dann lächelte der Polizist mich im Rückspiegel an und verlangsamte das Tempo. Wir bogen auf eine asphaltierte Straße ein und fuhren auf eine verlassene Grenzstation zu, vor der tatsächlich ein deutscher Streifenwagen parkte.

Mit wackligen Beinen stieg ich aus. Die beiden deutschen Polizisten kamen schmunzelnd auf mich zu, wahrscheinlich weil ich ständig um mich schlug: Die Stechmücken hatten mich wieder. Einer der beiden Polizisten drehte sich ein bisschen von mir weg, als er mir die hintere Tür des Streifenwagens öffnete. Fehlte nur noch, dass er sich die Nase zuhielt.

Richtig nett waren sie zu mir. Sie stellten mir auf der Fahrt zum Schullandheim keine einzige Frage. Und sie belehrten mich auch nicht, so von wegen »Mit Weglaufen löst man doch keine Probleme, Mädchen«. Sie kurbelten nur die Seitenfenster herunter wegen der frischen Luft, und ich versuchte, aus ihnen herauszubekommen, was jetzt mit Kosvik und Marek passieren würde. Über Funk hatten die Polizisten bereits erfahren, dass ihre polnischen Kollegen die Wilderer in der Nähe von Mareks Pick-up festgenommen hatten. Beide waren nicht ernsthaft verletzt, hatten aber Bisswunden und kamen jetzt in ein Gefängniskrankenhaus.

Ich war unendlich stolz auf Siri und Bo: Sie waren keine blutrünstigen Bestien, sondern sie hatten Kosvik und Marek lediglich einen Denkzettel verpasst. Und den verdienten die beiden Wilderer, so viel stand fest.

Als wir auf die Holperstrecke zum Schullandheim einbogen, krampfte sich mein Magen zusammen. Aber dieses Mal nicht wegen der Schlaglöcher und Kurven wie zu Beginn der Reise. Vielmehr hatten die Polizisten schon auf der Fahrt bei der Missel angerufen und Bescheid gesagt, dass wir auf dem Weg waren. Sie hatten mir das Handy hingehalten, aber ich wollte lieber nicht telefonieren. Die Missel würde mir noch früh genug den Kopf abreißen. Zum ersten Mal dachte ich auch wieder an Karla und Elmar. Ich war mir sicher, dass ich sie nicht wiedersehen würde. Bestimmt hatten sie meine Sachen zurück ins Sankt-Anna-Heim gebracht, und Holdermann hatte ihnen im Gegenzug Amira oder Isabel vermittelt. Vielleicht wohnte eine der beiden sogar schon in meinem Zimmer und war von morgens bis abends dankbar für ihr tolles neues Zuhause. Elmar würde Blaubeerpfannkuchen backen und Karla spielte Taxifahrerin zum Training oder zur Musikstunde. Und diese Vorstellung machte mich schrecklich traurig.

Der Streifenwagen bremste auf dem Kiesparkplatz, über den ich gerannt war auf der Flucht vor Kosvik. War das alles wirklich erst vor wenigen Tagen passiert? Bis zur Haustür begleiteten mich die Polizisten und verabschiedeten sich mit einem angedeuteten Anlegen ihrer Hand an die Dienstmütze. Sie stiegen in ihr Auto, doch sie fuhren nicht sofort ab. Wahrscheinlich wollten sie sichergehen, dass ich tatsächlich ins Haus ging und nicht davonlief. Und für einen Moment überlegte ich das sogar. Ich war nicht besonders scharf auf den ganzen Stress, der mich erwartete. Und am wenigsten darauf, der Missel unter die Augen zu treten.

Mit einem unguten Gefühl drückte ich die Klinke der Haustür herunter und betrat den dunklen Flur.

Treppengebühr für die Assi aus dem Heim! Jonas Holdermanns Stimme hallte in meinen Ohren, als würde er vor mir stehen und die Hand aufhalten. Doch dieses Mal musste ich lächeln. Jonas und die anderen konnten mich jetzt nicht mehr provozieren. Jeder hatte seinen wunden Punkt. Und meiner schmerzte kaum noch. Vielleicht war ich in manchen Dingen anders als die anderen, na und? Es gab Menschen und Tiere, denen es egal war, ob ich im Heim gelebt hatte, und die mich trotzdem mochten, selbst wenn ich ab und zu unwirsch war und zu geradeheraus – oder gerade deswegen.

Ich tastete nach dem Lichtschalter. Komisch, normalerweise brannte hier immer die große Deckenleuchte, weil von der Empore nur wenig Tageslicht in die Eingangshalle fiel. Aber alle Lichter waren ausgeschaltet und im ganzen Haus war es still. Kein hysterisches Kichern der Zimtzicken und auf den Gängen tobte niemand auf und ab. Sonst lief am frühen Nachmittag Musik in den Zimmern, die durch die Türritzen drang und das Treppenhaus beschallte. Fast war ich ein wenig enttäuscht: Nicht einmal die Missel machte sich die Mühe, mich zu empfangen. Na ja, vermutlich hatte sie endgültig die Nase voll von mir.

Plötzlich raschelte und zischelte es von allen Seiten und überall um mich herum flammten Streichhölzer auf. Im nächsten Moment war die Eingangshalle hell erleuchtet: Die komplette 8a stand da und schwenkte Wunderkerzen. Über der Treppe hing eine offenbar hastig gebastelte Papiergirlande mit »Welcome back, Louisa!«.

Ich stand wie versteinert inmitten des bitzelnden Funkenmeeres und brachte keinen Ton heraus. Dabei freute ich mich mit jeder Sekunde mehr, Ferdi-Nerdi, Nase und all die anderen wiederzusehen. Sogar die »süße Sophie«, Lara und Feli, die sich mächtig herausgeputzt hatten mit Lipgloss und Hochsteckfrisuren, strahlten mich an.

Zum ersten Mal fühlte ich mich als Teil der 8 a und nicht mehr als ihr unbeliebtes Anhängsel. Und dieses neue Glücksgefühl konnte nicht einmal Jonas trüben. Ganz im Gegenteil: Wie er so dastand in einer Reihe mit Tobi und Emil, und alle drei wedelten zerknirscht mit ihren Wunderkerzen – das brachte mich fast zum Schmunzeln. Wer konnte schon wissen, was die Missel ihnen angedroht hatte, wenn sie die Lou-Begrüßungsnummer boykottierten!

Als alle Wunderkerzen niedergebrannt waren, kam die Missel auf mich zu. Kurz stieg Panik in mir auf – ihre Miene war wie so oft unergründlich –, aber dann umarmte sie mich, dass mir fast die Luft wegblieb, und Hänlein drückte verwegen lange meine Hand. Natürlich lief er knallrot an.

»Ruhe!«, rief die Missel und hob die Hand. »Ich möchte ein paar Worte sagen, bevor Louisa sich von den Strapazen der vergangenen Tage erholen kann …« Sie wandte sich mir zu und lächelte und ihre Ärgerfalte am Mundwinkel war nur ganz schwach.

»Liebe Louisa! Wir alle sind mehr als glücklich, dass du wieder bei uns bist. Die gesamte Klasse hat sich Riesensorgen um dich gemacht und hat bei der Suche mitgeholfen. Wir sind sehr stolz darauf, dich in unserer Klasse zu haben. Dein Mut und dein Einsatz für Mensch und Wolf haben uns unglaublich beeindruckt!«

Johlender Beifall. Ich war im falschen Film. Und ich war noch immer sprachlos.

»Und jetzt möchte dir Ann-Marie noch ein ganz persönliches Geschenk überreichen.«

Nase drängelte sich zwischen Jonas und Tobi durch und wie auf Kommando quiekten die »süße Sophie«, Lara und Feli und tänzelten zur Seite. Sie hielt mir etwas entgegen, das jedenfalls keinerlei Ähnlichkeit mit einer Wunderkerze hatte. Das Fata-Morgana-Gefühl schlug mit voller Wucht zu und ich hätte mich beinahe in den Arm gekniffen. Aber Mister X war viel zu munter, um eine optische Täuschung zu sein. Ich hätte durchdrehen können vor Freude. Machte ich aber nicht. Stattdessen drückte ich Mister X einfach nur an mich, und er kletterte sofort meinen Arm hoch und kuschelte sich in sein Schulter-Hals-Eckchen, als ob wir keine Sekunde getrennt gewesen wären.

»Aber wie hast du … warum bist du … woher …?«

Nase lächelte vielsagend und genoss offensichtlich meine Sprachlosigkeit. »Also, ich hatte Spüldienst. Im Vorratsschrank hat's geraschelt. Na ja, ich hab die Klappe aufgemacht, und da hockte Mister X und knabberte Cornflakes.« Sie erzählte umständlich, wie sie ihn vor Gerlinde retten musste, die ihn mit einem Fleischklopfer erledigen wollte. Und dass die Missel darauf bestanden hätte, einen Käfig aus Draht für Mister X zu bauen.

Ich war viel zu müde und zu hungrig, um Nase weiter zuzuhören. Aber wenn ich wieder fit war, musste ich unbedingt aus ihr herauskitzeln, wie sie ihre Rattenphobie überwunden hatte. Und ich würde ihr von Lupo erzählen, dem Fellphantom, dem verschwundenen Jungen, der zum Glück doch nicht von den Wölfen gefressen worden war.

Beim Frühstück am nächsten Morgen kam es mir fast so vor, als wäre ich nie weggewesen. Aber eben nur fast.

»Was machst'n Samstag?«

Ich verschluckte mich am Milchreis, den ich gerade in den Mund geschoben hatte und der so viel besser schmeckte als rohe Kaninchenkeule. Was hatte Jonas mir da zugeraunt? Und wieso saß der überhaupt neben mir? Ich hustete und trank hastig einen Schluck Kakao. Währenddessen waren Lara und Feli schon aufgesprungen und klopften mir mitfühlend auf den Rücken.

»Danke, geht schon wieder«, keuchte ich.

»Vielleicht ins Kino oder Eis essen?« Jonas fuhr sich durch seine frisch gegelten Haare. Er hatte schon sein Smartphone gezückt, um den Termin einzutragen.

»Danke, aber da übernehme ich lieber freiwillig den Küchendienst im Sankt-Anna-Heim. Du weißt schon … du hast doch selbst beobachtet, wie gut ich spülen und putzen kann …« Ich schob meinen Stuhl nach hinten und ließ Jonas sitzen.

Für eine Sekunde stand ihm der Mund offen. Dann boxte er Tobi wütend in die Seite, der schon die ganze Zeit vor Lachen fast unter den Tisch rutschte.

Ich ging in die Küche. Aber nicht, um Gerlinde zu helfen, sondern weil ich vor der Abfahrt noch mit ihr sprechen wollte. Wie konnte sie von all dem, was sich hier in den letzten Wochen und Monaten abgespielt hatte, nichts mitbekommen haben? Sie hatte mit Lupo unter einem Dach gelebt, sie musste doch gewusst haben, dass er weggelaufen war und dass Kosvik Wölfe schoss. Doch in der Küche stand ein Koch, den ich noch nie gesehen hatte und Gerlinde war nicht da. Sie hatte kurz nach meiner Flucht ihre Sachen gepackt und war verschwunden.

Ob das Schullandheim jetzt geschlossen wurde? Wo würde Lupo leben, wenn er wieder gesund war? Es fiel mir schwer, nicht ständig an ihn zu denken. Zu gern hätte ich gewusst, wie es ihm ging, er fehlte mir schon jetzt.

Ich schlich die Treppen in den Keller hinunter, vorbei an Kosviks Gruselbüro, bis vor Lupos Tür. In seinem Zimmer sah es noch genauso aus wie beim letzten Mal. Ich legte mich auf sein Bett und prägte mir alles ein – die Modellautos, den schmutzigen roten Pulli über dem Stuhl, das Tote-Hosen-Poster – jedes Detail. Als ob ich ihn damit zu mir holen konnte.

Es klopfte an der Tür und die Missel streckte ihren Kopf herein. »Ach, hier bist du.« Sie wirkte ein wenig gestresst. »Ich hatte schon Angst …«

»Keine Sorge. So schnell verschwinde ich nicht wieder. Solange Sie nett zu mir sind.«

Die Missel hob den Zeigefinger, aber auch nur im Spaß. »Deine Pflegeeltern haben übrigens eben wieder angerufen. Aber ich habe dich nicht gleich gefunden. Eigentlich wollten sie sich sofort ins Auto setzen und dich abholen. Aber ich habe sie beruhigt und ihnen gesagt, dass wir im Bus alle auf dich aufpassen und dass du keinen besseren Geleitschutz nach Hause haben kannst!«

»Heißt das … also … ich meine … muss ich nicht ins Heim zurück?«

Die Missel schüttelte den Kopf. »Wo denkst du hin? So leicht lassen sich Pflegeltern nicht vergraulen – und deine am allerwenigsten! Sie haben mir – uns allen, der Polizei – die Hölle heiß gemacht die letzten Tage. Sie hängen wirklich sehr an dir, Louisa!«

Ich biss mir auf die Lippen. Ich war kurz vor einem roten Feuerlöscher-Kopf, wie ihn sonst nur Hänlein hatte, so freute ich mich und so verlegen war ich. Die Missel übersah mein Gefühlschaos großzügig, was mich nur noch mehr verwirrte, und griff in ihre Handtasche. »Ach ja, das hier wollte ich dir noch geben vor der Abfahrt. Und jetzt komm, wir müssen los!«

Ich riss den Brief gleich auf. Dieses Mal war er an mich adressiert, nicht an den »Waldjungen«. Teresa schrieb, dass Siri sich inzwischen rührend um Paco und Malka kümmerte. Bo war auch wieder aufgetaucht, und Siri und er wechselten sich mit dem Hüten der Welpen und dem Jagen ab. Teresa lud mich ein, die nächsten Ferien bei ihr in der Hütte zu verbringen.

… Und der Waldjunge kann mir übrigens gerne mit den Wölfen helfen. Ich brauche dringend Unterstützung bei meiner Arbeit! Solange er mir kein Essen mehr klaut. :-) Richte ihm das aus, wenn du mit ihm sprichst, okay? Er müsste dann auch nicht ins Heim, sagt das Jugendamt. Ein Betreuer würde regelmäßig nach ihm sehen, und natürlich sollte er wieder zur Schule gehen oder sich um eine Ausbildungsstelle kümmern. Aber dazu muss er erst einmal richtig gesund werden! Er hat jetzt wohl ein Telefon an seinem Bett im Krankenhaus, und es geht ihm schon viel besser. Hier ist die Nummer …

Leider war ich nicht allein. Sonst wäre ich jetzt im Kreis gehüpft und hätte gejubelt. Ich düste in mein Zimmer, holte Mister X in seinem Drahtkäfig und meinen Koffer und schleppte alles nach draußen. Jetzt konnte ich es kaum mehr erwarten, nach Hause zu kommen – und Manu alles über Lupo, die Wölfe und Kosvik zu erzählen. Und ich malte mir ihr zufriedenes Grinsen aus, weil sie recht gehabt hatte und Jonas mit mir ins Kino wollte.

Auf dem Parkplatz herrschte das reine Chaos. Der Bus war eben angekommen und alle wuselten durcheinander. Nur Ferdi-Nerdi stand etwas verloren in der Menge.

»Hey, Ferdi! Schön, dich zu sehen!«

Er nestelte an seinem Wolfspulli herum und wich meinem Blick aus.

»Ich wollte dir schon die ganze Zeit Danke sagen. Wenn du mich nicht ständig über Wölfe zugetextet hättest, wär ich echt aufgeschmissen gewesen die letzten Tage.« Und dann umarmte ich ihn kurz, weil mir genau danach zumute war.

Als ich ihn losließ, huschte ein Lächeln über sein Gesicht. »Du musst mir alles von den Wölfen ganz genau berichten. Ich war sehr neidisch auf dich, muss ich zugeben. Wenn du auf der Rückfahrt neben mir sitzen möchtest und es dich nicht stört, dass ich mir ein paar Notizen mache …«

»Klar – falls du dich traust, noch mal neben mir zu sitzen!«

Ferdi schmunzelte. »Ich hab mir vorhin extra eine neue Rolle Küchentücher besorgt!«

VIELEN DANK …

… meiner Agentin Rosi Kern von der Agence Hoffman, die an *Im Wolfsland* geglaubt und mich mit großem Einsatz unterstützt hat.

… an den Fabulus Verlag für die wunderbare Möglichkeit und an Marion Voigt vom Lektorat für ihren wachen Blick an den entscheidenden Stellen.

… an Stefan Wendel, der mich engagiert und professionell beraten und mir wichtige Impulse für die Überarbeitung des Textes gegeben hat.

… an Annelie. Du hast mich auch dieses Mal mit deiner unnachahmlichen Mischung aus humorvoller Bestärkung und konstruktiver Kritik auf dem langen Weg bis ins Ziel begleitet.

… an meine Familie, insbesondere an meinen Mann Uli. Ohne dein geduldiges und kritisches Testlesen und die nie nachlassende Unterstützung und Aufmunterung hätte ich es nicht geschafft.

… an die Wolfsexpertinnen Gesa Kluth und Elli H. Radinger, die mich mit ihrer Forschungsarbeit und ihren Büchern und Vorträgen, vor allem aber mit ihrem Engagement für die Wölfe in Deutschland (und nicht nur hier) zu dieser Geschichte inspiriert haben.

… an den englischen Wolfsforscher Shaun Ellis und seine Erlebnisberichte über das Zusammenleben mit wilden Wölfen, die mich nicht mehr losgelassen haben.

Roland Pauler
Bärentöter – Der Auserwählte.
Ein Mittelalter-Roman für Jugendliche
ab 12 Jahren
288 Seiten
Format 15 x 21,4 cm
Hardcover mit Farbschnitt
€ 16,95 (D); € 17,50 (A)
ISBN 978-3-944788-38-8
E-book
978-3-944788-39-5
€ 4,99

Vom Bettelknaben zum Helden

Im Schicksalsjahr 1348 begleitet der Bauernjunge Wilfried einen Viehtreck durch Bayern. Während die Pest bereits in Italien wütet, treiben gewissenlose Räuber ihr Unwesen und schrecken auch nicht vor heidnischen Ritualen zurück. Dem stellt sich der Vierzehnjährige beherzt entgegen. Als er gegen herrschendes Unrecht rebelliert, bekommt er es mit gefährlichen Mächten zu tun …

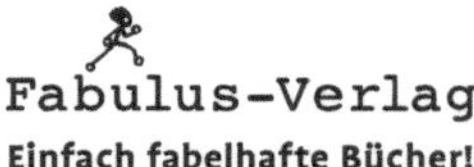

Einfach fabelhafte Bücher!

www.fabulus-verlag.de

Carola Wolff
Ausgerechnet Muse
Roman für Jugendliche ab 15 Jahren
320 Seiten
Format 15 x 21,4 cm
Hardcover mit Lesebändchen und Farbschnitt
€ 16,95 (D); € 17,50 (A)
ISBN 978-3-944788-43-2
E-book
978-3-944788-46-3
€ 12,99

Apollonia Parker – der neue Stern am Musenhimmel

Die 17-jährige Apollonia Parker will frei und ungebunden sein. Sie träumt davon, mit ihrem Motorrad Bonnie durch Schottland zu fahren. Allerdings verfügt sie über eine Gabe, die sie besonders hasst: Sie ist wie ihre Mutter eine Muse. Apollonia hat aber keine Lust, sich an einen Künstler zu binden, diesen zu inspirieren und zu hätscheln. Als der junge, äußerst begabte Singer-Songwriter ihr einen Song widmet, verliebt sie sich Hals über Kopf in ihn. Nick ist von Apollonias Fähigkeiten ganz hingerissen. Doch der habgierige Konzernchef Viktor Tyrell ist gegen diese Verbindung. Er will Apollonias Gabe für seine Zwecke nutzen – und setzt die schwarze Muse Velika auf Nick an. Gelingt es Apollonia am Ende, ihren Freund aus deren Fängen zu befreien?

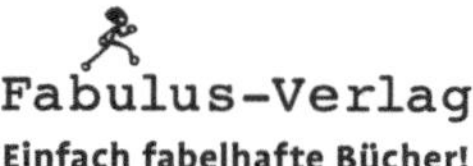

Einfach fabelhafte Bücher!

www.fabulus-verlag.de